変わり者と呼ばれた貴族は、辺境で自由に生きていきます

enbunbusoku
塩分不足
イラスト：riritto

ニーナ
元気いっぱいの獣人メイド。
サボり魔で楽天的な性格。
ギラン
隠れて暮らすドワーフ族の代表。
領民を探すウィルと出会う。
ユノ
三千年を生きる最古の吸血鬼。
ウィルを技術面で補佐する。
ホロウ
元奴隷の獣人。
ウィルに雇われてメイドとなる。
Main Characters
主な登場人物

ゴルド
腕っ節が強いグレーテル家の次男。
豪快で、善悪の基準が
ハッキリしている。
ウィル
大貴族グレーテル家の三男。
魔法を使えないが故に冷遇され、
辺境の領地を与えられる。
ソラ
ウィルに長年仕えている少女。
表情に乏しいが、非常に有能。
シーナ
ウィルの下で働くエルフの少女。
数字に強く、経理を任されている。

1　変わり者ウィル

変わり者で、落ちこぼれ。

それが僕、ウィリアム・グレーテルに対する周囲の評価だ。

僕の家は王国でも有数の貴族として知られている。

生まれてくる子供は全員男性で、一人の例外もなく魔法使いとしての才能を持っていて、代々優秀な魔法騎士を輩出している家柄……だった。

十八年前までは。

僕がこの世に生を受けるまでは。

みんなが持っていて当たり前の才能が、僕にはなかった。

貴族特有の膨大な魔力こそ備えていたけど、それを表に出す手段を持っていなかった。

より具体的に言うなら、魔力はあっても、魔法は全然使えなかった。

世界にはたくさんの国がある。

魔法技術によって繁栄を得た国もあれば、科学技術の進歩に尽力している国もあって、発展の仕方はそれぞれに異なっている。

その中でも僕の生まれた国は、魔法技術のほうが発展している場所だった。

国によっては、科学技術のほうが進歩しているけど、僕の国では、魔法の力こそが国の繁栄に繋がると信じられていた。

炎魔法、水魔法、風魔法、大地魔法……基本属性の四種に加え、光魔法や闇魔法、幻影魔法などの特殊属性も含めれば、その種類は両手両足の指の本数を簡単に超えるだろう。

それだけあっても、僕には一つも当てはまらなかった。

五歳になったときに行った身体検査で、僕に何の魔法適性もないと発覚した瞬間。

あのときの両親の絶望したような顔は、今になっても忘れられない。

その頃から、僕に対する周囲の目は変わった。

友人は皆離れていき、肉親ですらゴミを見るような目を向けてくる。


こんな毎日……僕には耐えられない。


というわけでもなかった。

周りは僕のことを変わり者だと言うけど、自分でもそうだと思う。

周囲の視線とか、心ない罵倒とか、そういったことにはそれほど傷つかなかった。

そんなことよりも、興味のあることがたくさんあったから。

良い具合に自分を誤魔化せていたのかもしれない。

結局、何が言いたいのかと言えば——

これでも僕は、とっても幸せだということだ。

†

固く閉ざされた地下室に、たくさんの奴隷が収容されていた。

奴隷の大半は成人していない少女。

その中でも不人気なのが、亜人種と呼ばれる彼女たち。

人間に近いけれど、純粋な人間ではない種族だ。

人間の少女はすぐに貰い手が見つかるが、亜人は汚らしいと言って誰も目にとめない。

もしも成人するまでに買い手が見つからなければ、彼女たちは揃って家畜の餌にされてしまう。

誰かに飼われるなんて嫌だけど、餌にされるなんてもっと嫌。

そんな矛盾を孕んだ思いを胸に、彼女たちは願い続けている。

願わくば、普通の暮らしができますように、と。

無理だとわかっていても、願うだけなら誰にも迷惑はかからない。

せめて願うくらいは許してほしい。そう思っていた。

そしてある日——

ガチャン。

地下室の扉が開く音が聞こえた。

足音は二つ聞こえてくる。一つは管理者の男性、もう一つはたぶん奴隷を選びに来た誰かだろうと、彼女たちは思った。

奴隷を買いに来るのは、大抵がどこかの貴族だ。

コツン、コツン、コツン——

足音は徐々に近づいてくる。

このフロアで唯一の亜人。灰色の狼の耳と尻尾を生やした少女は、できる限りお利口さんでいようと、背筋をピンと伸ばして座っていた。

誰かが来るときは、いつでもこうするように心がけている。

そうまでして買われたいのかと、他の奴隷少女からは白い眼で見られている。

だけど、仕方がないのだ。

そうでもしないと買ってもらえない。

自分が亜人で、人間から良く思われていないと知っているから。しかし、これまで誰も彼女の前で足を止めた者はいない。

一瞬目を向けて、尻尾や耳が目に入った瞬間、嫌そうな顔をしてそそくさと行ってしまう。


どうせ今日も駄目なんだろうな……。


彼女はそう思っていた。

突然、目の前で足音が止まる。

二つの人影が、彼女の前で足を止めたのだ。

「この娘を貰うよ」

「えっ――」

彼女は目を見開き、驚きのあまり声を漏らした。

†

「お客さんも相変わらず物好きですね～。それじゃ精算していただきましょうか」

「はい。そこの君、じゃあ、また後でね」

僕は亜人の彼女に手を振ってその場を立ち去る。

同じ地下にある別室で精算を済ませると、檻から出された彼女がやって来た。

首輪に繋がれ、汚い奴隷服を着せられたままの姿で。

「付いておいで」

「……はい」


僕は彼女を連れて地上へ戻る。

フードを被っているから、彼女には僕の顔は見えていない。

声で男だということくらいは把握できるだろう。

ただまぁ、そんなことを考えられないくらい、今の彼女は驚いているだろうね。

どうして自分が選ばれたのか、不思議に思っているはずだ。

「すまないが、荷台の後ろに乗ってもらえるかな？　揺れると思うけど、少しの間辛抱してくれ」

彼女を馬車の荷台へ案内した。

荷台には幌がかかっていて、入口に布を垂らし、中が見えないようにしている。

奴隷を購入することは貴族にとってさほど珍しいことではないけど、大っぴらにできることでもない。

だからこうして、目的地に着くまでは隠す必要があるんだ。

ガタン、ガタン。

馬車に揺られること十数分。

目的地に到着したので、荷台の布をめくり、彼女に声をかける。

「着いたよ。出ておいで」

彼女は恐る恐る荷台から外に出た。

そしてその目に映ったのは、貴族が暮らしている豪華な屋敷。

閉ざされた門の柱に刻まれているのは、この屋敷を所有する貴族の名前だ。

「グレー……テル？」

「そう、ここはグレーテル家の別荘。そして僕――ウィリアム・グレーテルは、この別荘に住んでいるんだ」

そう言いながら、僕は顔を隠していたフードを上げる。

世間では珍しい薄いオレンジ色の髪は、やさしい太陽の光みたいだと言われたことがある。

瞳の色はひまわりの花びらの黄色。

僕の顔を見て、彼女は目を輝かせているように見えた。

「ようこそ！　僕の家へ！」

僕の住む別荘は、王都から少し外れた場所にある。

別荘なのだから本宅から離れているのは当たり前なのだけれど、そんな場所で僕は八年以上暮らしているんだ。

理由は言うまでもなく、嫌われているから。

避けられているから、距離を置かれているからだよ。とはいえ、全然寂しいとは思わない。

五歳のときに見放されて以来、ずっとこんな感じだからもう慣れてしまった。

それに一人ぼっちというわけでもなかった。こんな僕にも、一緒にいてくれる人はいる。

それにほら、今日だって一人増えただろう？

「ウィル様はお人好し過ぎます」

玄関に向かうと、メイド服を着た可愛い少女が待っていて、僕を見るなり呆れ顔でそう言った。

「また女の子を誑かしてきたんですね」

「誑かしてなんてないよ？　僕はただ、彼女をうちの新しいメイドに迎え入れただけさ」

「本人の了承なしに連れて来ただけでしょう？　まったくあなたという人は……もう少し周りの目も考えてくださいね」

「ごめんごめん。これからは気を付けるよ」

そう僕が言うと、メイド服の彼女はもっと呆れた顔になった。

僕が心から謝っていないとバレているようだ。

さすがに何度も同じことを言っていると、嘘だとわかってしまうらしい。

「あ、あの……」

連れて来たばかりの少女が言いにくそうに口を開いた。

「ああ、ごめん。紹介がまだだったね？　彼女はソラ、この屋敷のメイド長をしてくれてるんだよ」

「初めまして。ウィル様の専属メイドをしています。突然のことで色々と混乱していると思いますが、どうか安心してください。ここはあなたにとって、悪い環境ではありませんから」

ソラは優しく、そして小さく微笑みながらそう言った。

名前の通りに空色をした髪に、カチューシャをつけている彼女は、僕のメイドさんで幼馴染でもある。

この屋敷の管理や、他の使用人たちの教育は、すべて彼女に一任してある。

見た目は小さくて可愛らしい少女だけれど、メイドとしての能力はグレーテル家の中でも一、二を争うほどだ。

僕の生活は、彼女によって支えられていると言っても過言ではない。

「ソラ、彼女に服と食事を」

「その前にお風呂ですね」

「そうだな、じゃあ頼めるかな？」

「はい。ではこちらに――」

「ああー!!　新しい子が来てる！」

ソラが案内を始めようとすると、二階へ続く階段から元気な声が聞こえてきた。

声の主を見上げると、その視線から外れるように飛び上がって、見事僕たちの目の前に着地する。

「初めましてぇ!!　今日から一緒に暮らすんだよね!?　仲良くしようね!!」

「えっ、あ、えっと……」

「こら、ニーナ。はしゃぎ過ぎだよ」

「イテッ！」

元気良く登場したもう一人のメイドの頭に、僕は軽くチョップをかました。

大して痛くもないだろうに頭を押さえながら、彼女は上目遣いで言う。

「もぉ～、叩かないでよウィル様～。どうせなら撫でてほしいなー」

「ちゃんと良いことをしたら撫でてあげるよ。ニーナが驚かすから、彼女が怯えちゃっただろ？」

「そんなことないよ～。ねぇ？」

突然の闖入者に呼びかけられ、元奴隷の少女は言い淀む。

「えっと……」

「怯えてはいませんが動揺していますね。反省してください」

「ソラちゃんにも怒られたぁ！」

賑やかにしゃべる彼女はニーナという。

トラ柄の猫の獣人で、ちょっぴり見える八重歯(やえば)が特徴的で、とても野生的な少女だ。

そしてニーナの尻尾と耳を見て、同じく獣の亜人である元奴隷の彼女は戸惑(とまど)いを見せる。

「えっ……獣人？」

「んにゃ？　そうだけど？」

「……」

無言で見つめる彼女に、ニーナは首を傾げる。

するともう一つ、別の足音と声が近づいてくる。

「ニーナー、あの子ったらどこに行っちゃったのかしら。まだお掃除の途中だったのに……あっ！

こんな所にいたのね！」

「わっ、サトラさん……」

「駄目でしょう？　お仕事を抜け出しちゃ！　あら、ウィル様お帰りなさいませ」

「うん、ただいま」

おしとやかに階段を下りてきた彼女も、この屋敷のメイドの一人だ。

淡(あわ)い桃色の長い髪と、包容力のある胸が印象的。

年齢は僕より二つ上で、見た目はただのお姉さんだけど、彼女も普通の人間じゃない。

セイレーンという種族で、人魚とも呼ばれている亜人の一種だ。

普段は人間の脚だけど、水に濡(ぬ)れると下半身が魚に変身する。

ちなみに年上っていう話をすると、笑いながら怒るので注意しよう。

僕はニーナに向き直る。

「というか、ニーナは仕事サボってたの？」

「サ、サボってないよぉ⁉」

「声が裏返ってるんだよな～。これはさらにお仕置きが必要かな」

「うぇ～ん、ごめんさい～、今から頑張るから許してよ～」

「やれやれ」

そんな他愛もないやりとりをしていると、他の使用人たちも顔を出して来た。

ニーナたちを含め、様々な種族がこの屋敷では働いている。

その様子に驚いている少女が、ぼそりと口にする。

「亜人がこんなに……」

「新人さん」

戸惑いながら周りを見渡す彼女に、ソラがやさしく語りかけた。

「先に話しておきますけど、この屋敷で純粋な人間は、私とウィル様だけですよ？」

「えっ⁉　そうなんですか？」

「そうだよ！」

僕は胸を張ってそう答えた。

「ど、どうして？」

「どうして？　う〜ん、理由を聞かれてもな〜」

詳しく説明しようとすると、僕の生い立ちから話さないといけないんだよね。

簡単に伝えるにはどうしたらいいのか。

ちょっと考える時間を貰わないと難しいな。

「私が代わりに説明しましょうか？」

「ソラ？　できるの？」

「もちろんです」

ソラは自信あり気な表情を見せた。

彼女とは一番付き合いが長い。これなら大丈夫だと思い、頷いた。

「おほん、では一言でお答えしましょう」

元奴隷少女は息を呑む。

そして僕は、ソラを信頼して安心しきった状態で見守っていた。

さてさて、僕の幼馴染は僕のことをどう紹介してくれるのかな？

期待で胸を躍らせる。

が——

「ウィル様の趣味、です」

「ブッ！」

思わず噴き出してしまった。

「しゅっ……」

元奴隷の彼女がジトーッとした目つきになる。

やめて！

そんな目で僕を見ないで！

「ちっ、違うからね！　ちょっとソラ、変なこと言わないでよ！」

「変ですか？　間違いではなかったと思いますが」

「間違ってるよ！」

「ですが、ウィル様は亜人の方が大好きでしたよね？」

「そうだけど、趣味じゃないから！　もっと言い方考えてよ！」

僕らが言い争っているのを、狼獣人の彼女は怪訝（けげん）そうに見ている。

「ほら見て！　ソラのせいで警戒されちゃったじゃないか！」

「これは失礼しました。大丈夫ですよ？」

「ほ、本当ですか……？」

「はい。ウィル様は変人ですが、変なことをする方ではありませんから」

「変っ……」

そう言った少女は、今度は疑うような目で、僕をじっと見つめてくる。

まぁそこは否定しないでおこう。

周りにも変わり者とか呼ばれてるし、自分でもその自覚はあるから。

でも断じて変態じゃないからね！

「と、とりあえずさっきお願いしたことを準備してもらえるかな？　それが終わったら、屋敷のみんなを集めてほしい」

「かしこまりました。では参りましょうか？」

「は、はい！」

「あっ、ちょっと待って！」

僕は急いで二人を引きとめた。

いけないい、いけない。

僕としたことがうっかりしていた。

とりとめない雑談で惑わされて、一番大事なことを聞きそびれていたよ。

「ねぇ君、名前はなんていうんだい？」

「ホロウです」

少女は答えた。

とても良い名前だと、僕は思った。

「ありがとう。じゃあ待ってるね」

「……」

ホロウは無言のまま、小さく僕にお辞儀をして去っていった。

あの様子だとまだ警戒されているみたいだな。仕方がないか。

「最初はみーんなあんな風だったね～」

「そう言うニーナは、出会ったときから元気だったよね」

「にゃっはは～。あたしはほら、相手の目を見れば大体わかっちゃうからね～」

「ニーナさんの目は特別ですからね。私も最初は戸惑いました。あの娘もたぶん、そうなんだと思いますよ」

「だろうね……」

サトラに言外に「昔は警戒していた」と言われ、若干へこむ。

ニーナはそんな僕を励ます。

「大丈夫だよウィル様！　みんなそーやって仲良くなっていったんだから！」

「そうだね。それじゃ、君も仲良くサトラと仕事に戻ろうか？」

「うっ……」

「そんな顔しないっ！　ほら急いで、時間までには終わらせるんだよ」

「は～い」

やる気のない返事をして、ニーナはサトラと一緒に二階へ上がっていった。

さてと、僕も書類を片付けてしまおう。

ホロウがこの屋敷で暮らすためには、色々と処理しなくちゃいけない課題があるからね。

頭の中でやることを整理しながら、二階にある自分の部屋へ向かう。

二階にはたくさん部屋があって、そのうち一番奥の二つが僕の部屋だ。

一つは仕事をするための執務室、もう一つは寝室になっている。

他はすべて使用人たちの部屋。ちゃんと一人に一部屋ずつ割り振っている。

僕は執務室に入り、棚に入っている書類に手を伸ばす。

「えーっと、まずはこれかな？　居住権の申請書！」

奴隷として売られていた彼女には、この国で生きるための居住権がない。

この状態では、誰かに殺されても文句は言えない。

ひとまずこの申請を通して、彼女をこの国の民にするのが先決だ。

ただ、亜人の申請はあまり良い顔をされない。

国全体が亜人種を快く思っていないからだ。

僕は貴族だから、お金を積めばなんとか通せるんだけど、一般人には難しいだろう。

そういう理由で、この国に亜人種の居場所はない。

一時間後――

必要な書類の準備が一通り済んだ頃、ソラから食堂へ来るように呼ばれた。

食堂は一階のキッチンの隣にある。

長いテーブルが置かれていて、二十人は座れるように椅子が並んでいる。

僕は一番奥に腰掛けて、近い席にホロウとソラが座った。

他のメイドたちも順々に席についていく。

「あれ、ユノは？　この時間なら起きてるよね？」

「お呼びしたのですが、今は仕事中で手が離せないそうです」

ソラが答えた。

「そっか。じゃあホロウ。彼女には、あとで僕と一緒に挨拶しに行こうか」

全員ではないが、これで僕と他のメイドたち五人、そして新たにやって来たホロウが揃った。

みんなの顔を確認してから、改めて話す。

「それじゃ、食事の前に新しい仲間を紹介するね！　彼女の名前はホロウだ。簡単に自己紹介してもらってもいいかな？」

「は、はい！　初めまして、ホロウです。見ての通り狼の獣人で、出身はずっと北のほうで、色々あってその……ど、奴隷として売られて……」

ホロウは悲しそうに説明した。

言葉を詰まらせた彼女に、隣に座っていたニーナが言う。

「そんな顔しなくて大丈夫だよ～。ここにいるのって、ウィル様とソラちゃん以外、みーんな奴隷だったからね～」

「そ、そうなんですか⁉」

「そうだよ～、だっから大丈夫！」

「私たちはそれぞれ奴隷となっていたところを、ウィル様に助けていただいたんです。ちょうどあなたと同じように」

サトラがニッコリと優しく微笑みながら説明した。

そしてメイドたちとホロウの視線が僕に向く。

「僕も自己紹介をしておこうか。改めて、僕はウィリアム・グレーテル、一応この屋敷の主なんだ」

「一応は余計ですよ」

ソラにツッコミを入れられた。

僕は笑って誤魔化して、続ける。

「まず安心してほしい。僕は君を、君のような亜人種を嫌わない」

ホロウは黙って聞き入っている。

「この国の人たち、特に貴族は亜人を悪だとか色々言っているけど、僕はこれっぽっちもそんなことは思ってない。むしろ魅力的だと思うし、積極的に関わりたいとも思ってるよ。って変な意味じゃないからね⁉」

魅力的、辺りでホロウの表情が曇ったので、慌てて弁解しておいた。

さっきソラに言われた「趣味」のくだりを引きずっているな……。

「あの、一つ聞いてもいいですか?」

「ん、何かな?」

「他の人たちは亜人を嫌っているのに……どうして、あなたは違うんですか?」

ホロウは理由を尋ねてきた。

まぁそう思うだろうね。

他の子たちのときもそうだったから、この質問は慣れっこだ。

というわけで、他の子たちにも話したことを、彼女にも言おう。

「十三年前、になるかな? 身体検査が終わって、魔法適性がないって結果が出て、周りから色んなこと言われてさ。一頻り落ち込んで、家出をしたことがあったんだよね」

あの頃の僕は、今ほどメンタルが強くなかった。

五歳の子供だったんだし、当然だろう。

親から罵倒され、親しかった友人にも見放され、兄弟からも避けられた僕は自暴自棄になった。

全部が嫌になって、屋敷を抜け出した。

行く当てもなく、訳もわからず走り抜けた。

「そうしたらさ。普通に迷っちゃったんだよね」

道に迷って、行き場に迷って、気が付けば見知らぬ森の中にいた。

五歳のあの頃、森の木々は巨人に見えるほど大きくて、とても怖かった。

「まだ昼間だったから良かったけど、あれが夜だったら間違いなく耐えられなかっただろうね。とても心細かったよ」

そんなとき、僕は彼女に出会った。

金髪で宝石のように青い瞳、そしてキツネの耳と尻尾を生やした幼女に、僕は出会ったんだ。

当時の僕はまだ、亜人を怖い存在だと思っていた。

そういう風に教育されていたから、食べられるんじゃないかって怖かった。

「だけど実際会ってみたら、なんてことはなかった。普通の可愛い女の子だったよ」

仕草も言葉も、僕が想像していたような恐ろしさは感じなかった。

むしろ整った容姿や、綺麗でフサフサの毛並みは、子供ながら魅力的だと感じたくらいだ。

彼女は僕に、「どうしたの?」と聞いてきた。

だから僕は話した。

これまでにあった出来事を、俯(うつむ)きながら語って聞かせた。

途中から涙目になっていて、自分は必要のない人間なんだと思った。

何の役にも立たない。

無意味で無価値な存在なんだと……そんな僕に、彼女は笑顔でこう言ったんだ。

「そんなことないよ！　だってわたし、君とこうやって会えただけで嬉しいもん！」

「えっ……」

「きっと君には、誰かを笑顔にする力があるんだよ！」

どうしようもなく嬉しかった。

今思い返せば、筋の通っていない子供らしいセリフなんだけど、とにかく嬉しかった。

お前にはガッカリだ……とか。

お前なんて生まれてこなければ良かった……なんて酷いことを言われた後だから、余計にそう感じたのかもしれない。

自分は生きていてもいいんだと、認めてくれたように思えたから。

僕は泣いた。

涙が涸れるまで泣いて、泣いている間も彼女は一緒にいてくれた。

泣きやんでからは、楽しい話をたくさんした。

その後は日が暮れる前に、それぞれ家に帰った。

それから何度か森へ行ってみたけど、彼女とは会えなかった。結局、今日まで一度も再会できていない。

もしかすると、僕の寂しさが生んだ幻覚だったのかもしれない。

そうだとしても、あの言葉のお陰で僕は救われた。

そして、あの日の出来事をきっかけに、僕は亜人種に興味を持つようになった。

「以上が、僕の大切な昔話だよ」

ご清聴（せいちょう）ありがとう、と心の中で呟く。

彼女たちは静かに、そして真剣に聞いてくれた。

笑いもせず、呆れもせず、最後まで聞いていた。

僕はそれがとてもうれしい。

ホロウが納得したように頷く。

「そんなことがあったんですね……」

「うん。まぁこの話をして、亜人は怖くないんだよ！って他のみんなに言っても、全然信じてもらえないんだけどね。お陰さまで、『貴族の落ちこぼれ』だけじゃなくて、『変わり者』なんて呼ばれるようになったよ」

僕は笑いながら言った。

普通に聞けば笑い話ではないけど、僕は悲しくないんだと示すように、ちょっと無理に大きく笑ってみせた。

周りからなんて呼ばれようと、今の僕は気にしない。理解されなくても良い。

少なくともここに、僕のことを慕ってくれる人がいる。

孤独じゃないから、強く生きられる。

もしも一人ぼっちになったとしても、そのときはあの日の彼女の姿を、かけてくれた言葉を思い出すだろう。

ずっと昔の記憶で、顔も声もおぼろげになっているし、名前すら知らないのだけれど、僕はあの日のことを一生忘れないと誓っている。

願わくば、生きているうちにもう一度会いたい。

会って、ありがとうと言いたい。

声が嗄れるまで、満足するまで叫びたい。

そして、今度はちゃんと彼女の名前を聞こう。

「僕の自己紹介は以上だよ。次にみんなの紹介をしたいんだけど、その前に確認させてもらってもいいかな?」

「はい」

「君にはここ以外に、帰りたい場所はないかい?」

「帰りたい……場所?」

「そう。故郷で家族が待ってるとか、恋人がどこかにいるとか。そういうのがあるなら教えてほしい。そのときは全力で、僕が君をその場所まで送り届けるから」

そう尋ねると、ホロウは少し考えるように黙り込んだ。

無理にこの屋敷で暮らす必要はない。そこまで彼女を縛るつもりは、初めからないんだから。

やっぱり言い出し辛いかな。

もしそうなら、時間を置いてからでもいいんだけど。

「私に家族はいません。友人も……故郷を出たのは三年以上前なので、もう頼れません。だから、その……ここに住まわせてもらえると、嬉しいです」

ホロウは申し訳なさそうに言った。

少しだけ頬を赤らめて、僕の反応を窺っている。

そんな顔をしなくても大丈夫だよ。

僕の答えは、最初から一つしかないんだから。

「もちろん！　大歓迎だよ」

僕は笑顔でそう答えた。

あの日、彼女が僕に見せてくれたような笑顔で――

2　ウィルの仲間たち

ホロウは僕たちと暮らすことを選択した。

そのことを嬉しく思い、彼女にニッコリと微笑みかける。

すると、彼女は恥ずかしそうに目をそらしてしまった。

まだ慣れるには時間がかかりそうだ。

「それじゃ、他のみんなの紹介に移ろうかな」

僕はメイドたちに視線を向けた。この場に集まってくれた僕とホロウ以外の五人。彼女たちは僕の生活を支えてくれている。

ここへ来ていない一人を除き、彼女たち以外に使用人はいない。

「ソラから順番にお願いできるかな」

「かしこまりました」

ソラは座ったままホロウのほうへ身体を向けた。

「先ほども名乗りましたが、改めまして。私はソラ、ウィル様の専属メイド兼、この屋敷のメイド長をしております。見ての通り人間ですが、亜人の方々に対する偏見（へんけん）は持っておりませんので、安心してくださいね」

「ソラには新人教育も任せてあるんだ。わからないことがあったら、まず最初に彼女を頼るといいよ。この屋敷のことなんかは、僕よりも詳しいからね」

「はい。よろしくお願いします」

「こちらこそ、これからよろしくお願いしますね」

二人は丁寧にあいさつを交わした。

続いて、ソラの隣に座っていたニーナが手を挙げる。

「はいはいー！　次はあたしの番だよ！」

彼女は元気良く、そしてニコニコと楽しそうに自己紹介を始める。

「名前はニーナ！　あたしもホロちゃんと一緒で獣人なんだよ！」

「ホ、ホロちゃん？」

「うん、ホロちゃん！　あれれ？　駄目だったかな？」

「い、いえそんなことは……ないです」

「そっか！　じゃあ良かった！」

ホロウは少し照れくさそうだ。

親しげに接するニーナに戸惑っている様子ではあるが、表情を見る限り、嫌がってはいない。

ニーナは最初から距離感が近いから、慣れていないとビックリするだろうな。

その上何よりビックリするのが、実はニーナは誰より人見知りだってことなんだけど。

それはまぁ、いずれ教えてあげようかな。

「料理は苦手だけど、それ以外なら全部得意だから任せて！　お姉さんだと思って頼ってもらってもいいからね！」

「そう思ってほしいなら、サボらずにちゃんと働くんだよ？」

僕が合いの手を入れると、途端にニーナの元気はしぼむ。

「うっ……ウィル様酷いよぉ～」

「酷くないよ。この間なんて、僕の寝室の掃除を頼んだら、ベッドで寝てたよね？」

「あ、あれはそのぉー……いい感じに陽の光が入ってきてて……」

「入ってきて？」

「……ごめんなさい」

「はい、よろしい」

「ふふっ」

ふと、ホロウが笑顔を見せた。

彼女はすぐにハッと気付いて顔を伏せる。

僕とニーナの他愛ないやりとりを見て、思わず笑ってしまったようだ。

「ご、ごめんなさい！」

「ホロちゃんが笑った！　ねぇ見た？　ウィル様も見たよね！　すっごく可愛かったよ！」

「うん、僕も見たよ。とても可愛らしい笑顔だったね」

ホロウは恥ずかしそうに頬を赤らめた。

「か、可愛いなんてそんな……私なんて……」

「そんなことないよ！　とーっても可愛かった！　ホロちゃんは普通にしてても可愛いけど、笑ってるほうがもっと可愛いと思うな〜」

「僕もそう思うよ」

思いがけず、彼女の笑顔を見ることができて、僕としても嬉しい。

ニーナの明るさのお陰だな。これはあとで頭を撫でてあげてもいいかもしれない。

ちゃんと仕事をサボらなかったらだけどね。

「さて、そろそろ次へ進もうか」

自己紹介は大切だけど、あまり時間をかけ過ぎると、せっかくの料理が冷めてしまう。

「じゃあ、お願い」

「はい。こんばんはホロウさん。さっきも少しだけお会いしましたね？」

「は、はい！　えっと……サトラさん、でしたよね？」

「あらあら、もう名前を覚えてくれたんですね。とても嬉しいです」

サトラはソラ以上に丁寧に、おしとやかに話している。

この中では一番の年長者で、僕にとっても他のメイドたちにとっても、彼女はお姉さん的存在だ。

「あの、サトラさんも亜人種なんですよね？」

「ええ、でも見た目からはわからないでしょう？」

サトラが言うと、ホロウはこくりと頷いた。

「私はセイレーンなんですよ」

「セイレーン⁉　あの人魚姫って呼ばれてる種族！」

「ふふっ、そう呼ばれていたこともありましたね」

ホロウはすごく驚いていた。

その理由は、セイレーンという種族が非常に数が少なく、世界でも数十人しかいないとされているからだ。

「仲良くしていきましょうね。ホロウさん」

「はい！　よろしくお願いします」

ここまで、ソラ、ニーナ、サトラの紹介が終わった。

三人とは玄関ですでに面識があったけど、残りの二人と話すのは初めてだ。

そのうちの一人が、ニーナの隣に座っている彼女だ。

「つ、次はボクですね！」

黒茶色のたれ耳に、左右に元気良くフリフリさせている尻尾。

髪色も耳や尻尾の毛色と一緒で、椅子にちょこんと小さな身体が収まっている。

「ボクはロトンっていいます。えっと、一応ボクも獣人です。そ、その……よ、よろしくお願いします！」

自信なさ気に話すロトン。

ボクとか言っているけど女の子で、メイドの中では最年少。確か今年で十四歳になったはずだ。

「ロトンは半年前にうちへ来たばかりなんだ。でも仕事を覚えるのがすごく早くて、もうすっかり一人前になってるんだよ」

「そ、そんなことないですよ。ボクは身体が小さくて力もないし、体力だって自信ないですし、器用でもないから失敗だらけだし、迷惑かけてばかりですから」

ロトンは出会ったときから自己評価が低い。

彼女は自分で言うほど、力や体力が劣っているわけでもないし、失敗の話だってほとんど聞かない。たまにある失敗を長く引きずってしまうタイプだ。

それは固有の性格であり、この屋敷へ来るまでに培ってしまったトラウマ故でもある。

彼女に限った話ではなく、そういう負の記憶はみんな持っている。

だから僕は、そんな過去を忘れてしまえるくらい、彼女たちをたくさん褒めてあげようと思っている。

「迷惑なんてかけられてないよ。ロトンには助けられてばっかりだ。他のみんなだって、そう感じているはずだよ」

僕は視線をニーナに送った。

こういうとき、一番屈託なく褒めてくれるのは彼女だから。

「そうだよそうだよ！　むしろ頑張り過ぎなくらいじゃないかな？　ちょっとはサボったほうが良いと思うよ～」

「こらこら、ロトンさんに悪いこと教えちゃ駄目でしょ？　でも、そうね。サボるのは良くないけど、たまには気を休めるのも大切よ」

ニーナに続いて、サトラも労うように話しかけてくれた。

そうすると、ロトンの表情が少しずつ緩んでいく。

僕はホロウに視線を移す。

「ロトンもそうだけど、ホロウも無理して頑張ったりしないでね？　それで身体を壊したりしたら、そっちのほうが僕は悲しいから」

「ウィル様……はい！　ありがとうございます！」

「はい」

ロトンは元気良く嬉しそうに返事をした。

先輩として頑張らなきゃ！と気負ってしまいそうで心配だ。

しばらくは注意して様子を見ることにしよう。

ホロウも真面目そうだから、倒れる前に気付いてあげられるようにしよう。

「さぁ、次で最後だね。しっかりトリを飾ってもらおうかな」

「そ、そう言われると緊張しますね」

「ははは、ごめんごめん。いつも通り普通で大丈夫だから、じゃあお願いね」

「はい」

ロトンの番が終わり、いよいよ最後の一人が自己紹介をする。

サトラの隣に座っている彼女も、見た目で何の種族か察しがつくだろう。

優しく黄色い髪を左右で結び、エメラルドのように鮮やかな緑色の瞳をした少女。

尖った耳が彼女の、というより彼女の種族の特徴だ。

「初めまして、ホロウさん。ワタシはエルフ族のシーナです。得意なことはー、料理かな。サトラさんほどじゃないけど」

そう、彼女はエルフ族。

亜人種の中でもセイレーンに次ぐ希少な種族で、高い魔法適性と、人間の十倍以上の寿命を持つとされる。整ったその容姿は、見る者を魅了する。また魔法適性の高さは人間の貴族を凌ぐとされていた。

「シーナには、僕と一緒に経済状況の管理をしてもらってるんだよ。彼女は僕より数字に強いからね」

「ウィル様、それは過大評価ですって。ワタシは補助をしてるだけです」

「その補助がとっても役立ってるんだよ。僕一人じゃ把握しきれないところを、シーナがやってくれるから、今日もこうして生活できているんだ」

「そ、そこまで褒められると恥ずかしいですね」

シーナは嬉しそうに頬を赤らめた。

今の彼女を見て、ホロウはどう感じただろうか。

感情表現がハッキリしていて、人当たりが良さそうで、可愛らしい女の子。

そう感じられただろうか。だとしたら良かった。

今でこそ彼女はここまで打ち解けているけど、最初の頃は正反対と言っていい状況だったんだよ。

誰よりも警戒心が強くて、僕を含めて誰にも心を開かなかった。

そんな彼女の態度が柔らかくなったのは、ソラたちが毎日話しかけてくれたからだ。

まぁ、そういう心配はホロウには必要なさそうだね。

「さて、これでひとまず、ここにいるみんなの紹介は終わったね。ホロウから質問したいことってあるかな？」

「今のところは大丈夫です」

「そっか。それじゃ、改めてようこそ！　ホロウも今日から、この屋敷の一員で、僕たち家族の一員だ！」

「家族？」

ホロウは自分の耳を疑うように聞き返してきた。

「そうだよ。血の繋がりこそないけど、僕はみんなのことを大切な家族だと思っている。辛いことも嬉しいことも分かち合いたいし、たくさんの思い出を作っていきたい。ホロウ、これからよろしくね」

「はい！」

こうして、ホロウを交えた最初の晩餐が終わる。

その後は、彼女を連れて屋敷の案内をすることになった。

一階にあるキッチンや食堂、書庫といった部屋を一通り回って、二階へと上った。

「ここがホロウの部屋だよ」

僕が案内した部屋を見て、ホロウは目を丸くする。

「こ、こんなに広い部屋……私一人で使ってもいいんですか？」

「もちろんだよ。何か足りない物とか、ほしい物があったら言ってね？」

「足りない物なんてっ！　部屋をいただけただけで十分ですから」

「そうか」

最初はみんなそう言うんだ。

だけどいつか、あれがほしいとか、これが足りないとか、そういう欲を出せるようになってほしいと僕は思うよ。

「それじゃ、最後の部屋を見に行こうか」

「はい」

僕たちは一階へ降りた。そして階段の裏に回る。

「こんな所に扉が？」

「うん、最後の部屋は地下にあるんだよ。そこにも一人、紹介したい人がいるから」

階段裏の扉を開けると、地下へと続く階段が見える。

階段はまっすぐ続いている。

両壁に設置された魔法の松明(たいまつ)に青白い火が灯り、暗い階段を照らす。

明かりの色と揺らめく影が、不気味な雰囲気をかもし出していた。

僕たちは並んで階段を下りていく。その途中、ふとホロウに目を向けると、少し怯えているように見えた。

「大丈夫だよ。何も怖いことはないから」

「は、はい！」

返事はしてくれたけど、ホロウの身体はまだブルブルと震えているようだった。

見かねた僕は、彼女の右手をぎゅっと握る。

「ウィル様？」

「これなら少しは安心できるかな？」

「ご、ごめんなさい。その……こういう薄暗い場所は売られていたときのことを思い出しちゃって……」

ああ、そういうことか。

暗いのが怖いんじゃなくて、奴隷として過ごした場所を連想してしまっていたのか。

そうだよね、失念していた。

ついさっきまで彼女は奴隷だったんだ。こんな短期間で忘れられるはずもない。

「僕のほうこそごめんね。配慮が足りなかったみたいだ」

「そ、そんなことありません！　今も、こうして手を握ってもらえるだけで……あ、安心できるので」

そう言って、ホロウは僕の手を強く握り締めた。

「ありがとう。もうそろそろ着くよ。ほら、あそこ」

僕は階段の奥を指差した。

そこには厳重に閉ざされた鉄の扉がある。

階段は一階から百段くらい下まで続いていて、地下室は地下四階くらいの深さにある。

僕たちは扉の前までたどり着き、トントンと鉄のドアをノックする。

「誰じゃ？」

中から彼女の声が聞こえてきた。

「僕だよ、ユノ。入ってもいいかな？」

「鍵は開いておるぞ」

「うん、じゃあ入るね」

僕は重い扉をぐっと押し込んで、ホロウを連れて中へ入った。

中は階段と違って広々としていて、閉塞感はない。

机の上には古い書物や石版、丸い水晶といった物が乱雑に置かれている。

他にも屋敷の中では見られない装置があったり、立てかけられたボードに魔法陣が書かれていたりする。

紫色のランプのせいでよけい怪しく感じる。

ホロウは珍しい物ばかりらしく、キョロキョロと辺りを見回している。

「ここは研究室なんだよ」

「研究室？」

「うん。僕と彼女のね」

僕はそう言いながら、部屋の端っこでこちらに背中を向けて立っている少女に目を向けた。

赤黒く長い髪に、メイド服ではなく真っ白な白衣を身に纏（まと）っている。

背を向けたままの彼女に、僕は声をかける。

「忙しいのにごめんね。急に来ちゃって」

「別に構わぬよ。ここは本来、ワシではなく主の部屋なんじゃからな」

「ううん、ここはもう君の部屋だよ。研究だって、ほとんど君に任せちゃってるしさ。あんまり手伝えなくてごめんね」

「今さら何を言っておる。主が多忙なことくらい、ワシだって理解しておるよ。それに――」

彼女はしゃべりながら、くるりと振り向く。

「これも契約じゃ」

整った顔立ちに、幼いながらも威厳のある雰囲気。

ルビーのように赤い瞳が印象的で、彼女を前にすると自然に背筋がピンとする。

ホロウも少し緊張している様子が窺える。

「む？　何じゃ主、また新しい女を捕まえてきよったのか？」

「そ、その言い方はよしてくれよ……」

彼女はムスッとした表情で言った。

ふとその視線がホロウを捉え、目が合った彼女はビクリと反応する。

「そう怯えんでも良いじゃろう……」

「ご、ごめんなさい！」

「ははは、最初は仕方ないよ」

彼女と初めて会う人は、大体同じような反応をする。

それは彼女にはオーラというか、表現しがたい威圧感のようなものがあるからだ。

人間であれ亜人であれ、彼女と向き合うと自然に萎縮する。

「紹介するよ。彼女はユノ、神祖と呼ばれる最古の吸血鬼の一人だ」

僕が紹介すると、ホロウは無言のまま驚いていた。

神祖は亜人種に分類されない古の種族。

すでに滅びたとされている幻の一族なのだ。

神祖は全ての生物の頂点にあると言われ、無限の魔力と無限の命、圧倒的な力を有すとされる。

彼女から発せられる威圧感は、彼女が神祖だから自然に溢れてしまうもので、僕らはそれを生物の本能で感じ取っている。

「その反応……良いのう。何度見ても愉快じゃ。ワシのことを知った奴は、こぞって同じ反応をするからのう。まぁ、主はあんまり驚かなかったがのう」

「いやいや、僕もすごく驚いたよ！　神祖が実在するなんて思ってもみなかったからね」

「そうじゃったか？　主はいて当然、みたいな感じだった気がするが……まぁ良いか。で、ワシにも紹介してもらえるか？」

「あーうん、そうだったね。彼女はホロウ、今日から一緒に住むことになったんだ」

「よ、よろしくお願いします！」

勢い良く頭を下げるホロウ。

「そう固くならんでも良い。ワシらは同じ穴のムジナじゃ。ウィルと出会ってなければ、今頃一人ぼっちで腐(くさ)っておったじゃろう。何か困ったことがあれば、ワシの所に来ると良い。力になれるかもしれんからのう」

「は、はい！　ありがとうございます」

きっとホロウは、また驚いているだろうね。

彼女と会った人は、オーラや所作(しょさ)に威厳を感じて萎縮する。

だけど話してみると、優しくて面倒見の良いお姉さんだから、そのギャップに驚くんだ。

「そういえばユノ、夕食は良かったの？」

「問題ないのじゃ。主も知っておろう？　ワシにとって食事は大した意味を持たん。いつも通り、主の血を分けてもらえれば十分じゃ」

「そういう契約だからね」

僕らがいつも通りのやり取りをしていると、ホロウが首を傾げる。

「あ、あの、契約というのは？」

「ああ、えっとね？　ユノに僕の研究を手伝ってもらう代わりに、僕の血を吸わせてあげる、っていう契約を結んでるんだよ」

「ワシにとって、吸血は生命維持に必要不可欠じゃからのう」

無限の命を持つ彼女も、魔力が枯渇すれば行動できなくなってしまう。

それを回復する一番の手段が吸血なんだ。

「ウィル様」

「何？」

「ウィル様は何を研究されているんですか？」

ホロウが僕に尋ねてきた。

聞いてほしかった質問がきて、思わずにやけてしまう。

そして、少しもったいぶってから答える。

「僕が研究しているのは、亜人種についてだよ」

「亜人種について？　私たちのこと？」

「うん。ホロウは疑問に感じたことはない？　亜人がどうやって生まれたのか」

「どうやって……」

「歴史を紐解いていくとね？　亜人種は、世界に突然誕生しているんだよ」

様々な資料を読み漁った結果、僕はそのことを知った。

今から千年以上昔、現在亜人種と呼ばれている種族の原型が誕生したとされている。それも何の脈絡もなく、突然誕生したようなのだ。

「突然？　それまで亜人はいなかったんですか？」

「そうだよ。それについては彼女が、ユノが保証してくれる」

僕はユノに視線を向けた。

ユノはこくりと頷き、続けて説明する。

「ワシが生まれたのは、今から三千年くらい昔のことじゃ。その頃には、ワシら神祖を除けば、人類しか存在しておらんかったよ」

三千年という気が遠くなるほど長い時間に驚くホロウ。

彼女は更なる疑問を感じたようで、それを口にする。

「ユノ様なら当時何が起きたかご存知なのではないですか？」

「ホロウよ、そう畏(かしこ)まらなくても良いと言ったじゃろう。ワシのことは呼び捨てで良い。それとすまんが、ワシにもその辺りのことはわからんのじゃ」

「ど、どうしてですか？」

「記憶がないんじゃよ。そのときのことだけ、ごっそりと忘れてしまっておるんじゃ」

「そんなことが!?」

「ワシも驚いた。何せウィルに指摘されるまで、そのことに気付いておらんかったからのう」

彼女は三千年も生きている神祖。

三千年という時間は、僕たち人類には一生かけてもわからない感覚だ。

僕たちは、たった八十年くらい生きただけでも、昔のことを忘れてしまう。

三千年ともなれば、細かい記憶なんて忘れるのは当然だろう。

ただ疑問なのは――

「種族が急に増える、なんてことを、まったく覚えていないなんて不自然だよね」

しかも、何度思い返そうとしても、まったく思い出せないらしい。

これは不可解、というより明らかに不自然だった。

「じゃからワシらは、記憶を忘れたのではなく、忘れさせられたのだと考えた」

「消されたってことですか？」

「そうじゃ。何かがあったその当時、ワシらの記憶にも何かがあった。いや、何かをされたというのが正しいじゃろうな。ワシには何かされた記憶などないが、それごと消されておるんじゃろ」

「どの資料を読んでも、そのときのことを記した物は一つもなかったんだよ。国内にある遺跡(いせき)は大抵回ったけど、参考になる物はなかったかな」

「それじゃ調べようが……」

「そうだね、僕もそう思ったよ。でも、だからこそ僕は知りたいんだ。亜人がどうして、どうやって誕生したのか。なぜ誰も覚えていないのか」

「ワシも自分の記憶がなぜ消されたのかを知りたい。じゃから協力しておるんじゃよ。なーに、調べる方法ならちゃんとある。のう？」

「うん」

確かに、当時のことを記した記録は見つかっていない。

だけどそれも、今のところは、というだけかもしれない。

少なくとも当時、何かが起こったのが事実なら、全ての記録を消し去るなんて難しい。

記録を探す他にも、ユノの記憶を取り戻す方法を模索したり、亜人種の歴史を調べたりもしている。

まぁ正直、今はわからないことが増えていく一方なんだけどね。

「すごく大変なことは理解してるよ。でも知りたいんだ。君たち亜人種が、どうしてこの世に生まれたのか。それがわかれば、世間の亜人種に対する視線も変わるかもしれない」

「ウィル様……」

「僕は君たち亜人が好きなんだよ。だから君たちのことを、周りの人たちに悪く言われるのは嫌なんだ」

自分が世間でどう思われているかは知っている。それについては、もう何とも思っていない。

だけどやっぱり、好きなものを悪く言われるのは応(こた)えるんだ。

別にさ、彼女たちが悪いことをしたわけじゃないんだよ。

それなのに偏見で誤解されて、世間から除け者(のけもの)扱いされるなんて悲しいし、寂しいと思う。

こうして、屋敷に住むみんなの紹介が終わり、ホロウも自分の部屋へ入って眠りについた。

僕は一人執務室で作業をしている。

みんなに気付かれないように部屋の照明は消して、小さなランプで手元だけ照らしている。

「……そろそろか」

僕は徐(おもむろ)にカレンダーを確認した。

七月七日。今日から四日後のその日付には、わかりやすいように赤丸がつけてある。

もうすぐ……僕は十八歳になる。

その日が僕の人生において、二度目の分岐点(ぶんきてん)になるであろうことを、何となく察していた。

そうして夜は更(ふ)けていく。

書類仕事を一区切りさせて、僕もベッドで横になった。

3　誕生日

「おはよう、ホロウ」

「ウィル様！　おはようございます」

次の日の朝、僕は廊下でホロウを見かけて声をかけた。

「昨日はぐっすり眠れたかな？」

「はい！　お陰さまで疲れがとれました。こんなに安心して眠れたのは久しぶりでしたよ」

「それは良かった」

顔色は良好そうだし、本当にしっかり睡眠はとれたみたいだ。

僕より早く起きているところを見ると、もうメイドの仕事を始めているみたいだな。

ソラに指導を受けつつ、掃除、洗濯、料理などの家事仕事や、庭の手入れといった仕事について学んでいく手はずになっている。

僕も何度か手伝った経験があるからわかるけど、ただの家事でも結構大変だ。

慣れないことを急に覚えるというのは、誰だって骨が折れる。

「そろそろ朝食だよね？」

「はい。丁度その件で伺おうと思っていました」

「そうだったんだ。じゃあ一緒に行こうか」

「はい！」

僕はホロウと並んで歩きながら食堂へ向かった。

彼女の表情を横目に見ながら僕は安堵(あんど)する。

良かった。この様子なら、すぐにみんなに溶け込めそうだ。

あとは仕事にどれだけ早く慣れるかだけど、ソラに任せておけば大丈夫だな。

ガチャッ――

食堂の扉を開けると、すでに朝食がテーブルの上に並べられていた。

ソラたちの姿も揃っているようだ。

「おはよう、みんな」

「ウィル様おっはよー！」

最初にニーナが、一番元気良くあいさつを返してきた。

それから他の子たちも「おはようございます」と口にする。

僕は自分の席に座り、彼女たちが座るのを待った。

「いただきます」

みんなが座ったところで手を合わせ、仲良く朝食をとる。

ちなみにユノは今日もいないけど、これはいつものことだ。

彼女は僕たちとライフサイクルが違う。夜に活動して昼に眠る彼女は、現在ぐっすりと睡眠中なのだ。

だから彼女が食卓に顔を出すのは、基本的には夕飯だけになる。

「そういえばウィル様！　もうすぐ誕生日だよね！」

「うん。明後日だね」

「そうなんですか！」

ホロウだけは反応が大きかった。

彼女は昨日来たばかりで、そのことを知らなかったからだ。

「僕も十八歳になる。一応これで成人になるわけだ」

「そっか〜。じゃあついに、ウィル様も領地が貰えるってことだね！」

「そうなるかな」

グレーテル家の慣わしで、成人になると親から領地を与えられる。

その後は貰った領地で暮らし、開拓しながら繁栄を目指していくことになるんだ。

つまり人間としても、貴族としても一人前になるという意味である。

逆に、貰った領地を満足に経営できなければ、貴族として生きる道が完全に閉ざされてしまう。

過去にはそれで、家から追放された人もいたそうだ。

まぁ僕の場合、現状がすでに追放されているようなものだけどね。

「実はそのことで、父上から本宅へ来るように言われてるんだ」

僕がそう口にすると、騒がしかった彼女たちがピタリとしゃべるのをやめた。

ホロウだけは他をキョロキョロ見回している。

静まる空気の中、心配そうにロトンが尋ねてくる。

「だ、大丈夫なんですか？」

「うん、まぁどうだろうね？　なるようになる……かな」

僕は笑顔でそう答えたけど、かえってみんなを心配させてしまったようだ。

無理して笑っていると思われている気がした。

「そんなに心配しないで！　本宅にはソラも一緒に来てくれるしさ」

「はい。皆さんの分まで、私がしっかりウィル様をお守りします」

ソラはいつになく真剣な表情でそう言った。

彼女たちに心配をかけてしまって申し訳ないと思う。

だけどたぶん、これは一生続くんじゃないかとも思っている。


朝食を終えた僕は、本宅へ向かうための準備に取り掛かった。

本宅があるのは、僕らの暮らすウェストニカ王国の王都リクラストだ。

この屋敷からは馬車で二時間ほどかかる。

馬車を用意し、みんなが見送る中、僕とソラが乗り込む。

「それじゃみんな、行ってくるよ。夕方には帰れると思うから、それまで留守番よろしくね。ホロウも張り切り過ぎちゃ駄目だよ？」

「は、はい！」

ソラが馬の手綱を引き、馬車がゆっくりと出発する。

これはあとで聞いた話だけど、僕たちの姿が見えなくなるまで見送った後、ホロウが隣に立っていたニーナにこんな質問をしたそうだ。

「あの、どうして皆さん心配なさっているんですか？　親に会いに行くだけなのに」

「う〜んとねぇ……ホロちゃんは、ウィル様が世間で何て呼ばれてるか知ってる？」

「はい、一応……あまり評判は良くないと」

「うん、それでね？　そのきっかけを作ったのが、ウィル様のお父さんなんだよ」

「えっ、な、何で⁉　どうしてそんなことを？」

「五歳のときの検査の話は聞いたよね？　あれが原因なんだって」

ニーナに続いて、サトラも言う。

「それ以来、ウィル様と旦那様はあまり良好な関係ではないの」

「サトラさん……だから皆さん心配して……大丈夫なんでしょうか？」

サトラたちは回答を躊躇ったらしい。

何故なら、わからない、というのが彼女たちの答えだったからだ。

そんなやり取りがあったとは知らずに、僕は父上が待つ本宅へと向かった。

きっと今回も彼女たちを不安にさせているだろうと思うと申し訳なかったけど、僕自身はそこまで気負ってはいない。

ただ心配なのは、僕のせいで彼女たちにまで被害が及ばないか、ということだけだった。

馬車に揺られること二時間。

僕たちは王都を囲う外壁前に到着した。

巨大な門で閉ざされた脇に、小さな関所が存在する。

そこで手続きを済ませると、門を開けてもらえる。

「身元の確認が終わりました。どうぞお進みください」

関所の役人に指示され、ゆっくりと開く門を潜った。

王都の街並みは、年を重ねるごとに豪華になっている。

白く清潔感溢れる建造物に、遊泳できるくらい大きな噴水も設置されている。

すれ違う王都の住民は、平民か貴族のどちらかだ。王都だけあって他の街より貴族が多い。

違いは着ている服装で一目瞭然。

活気溢れる街並みにも隠れることのない、格差社会の光景がそこにあった。

「う～ん……やっぱり僕、この街は好きになれないな」

「そうですか？　私は活気があって良いと思いますけど」

「活気はあるけど、仲良しって感じじゃないでしょ？　周りの目を気にして歩いてる人も多いし、そんなんじゃ楽しめないよ」

「それはそう……ですね」

僕はソラと他愛もない話をしながら、商店が立ち並ぶ大通りを通り抜けた。

父上のいる本宅は、王城に近いエリアにある。

名のある貴族であるほど、王城に近い敷地で暮らすことを許されている。

「着きましたよ」

「うん」

しばらく歩くと、僕たちは本宅へ到着した。

別荘の三倍はある屋敷が、これまた三倍以上の敷地に立っている。

ここに僕の父上と母上、百を超える使用人たちが暮らしている。

「半年ぶりかな？　こうして戻ってきたのは」

よほどの用事がない限り、僕はこの本宅へは戻ってこない。

用もなく戻ったところで、父上には相手にしてもらえない。

母上に至っては、僕の顔を見るなり泣き出してしまう始末だ。

本宅の中を移動するときも、僕は母上にばったり出くわさないように行動しなくてはならない。

屋敷にたどり着いた僕たちは、執事の案内に従って中へと入った。

父上が仕事をしている部屋は四階にある。

「旦那様、ウィリアム様がお越しになられました」

「――入れ」

中から低い男の声が聞こえてきた。半年会っていなくても忘れることはない。僕の父上の声だ。

扉を開け、中へと入る。

机で仕事をしていた父上が手を止め、顔を上げた。

「ただいま戻りました。父上」

「久しいな。ウィリアム」

この人が僕の父上、ラングスト・グレーテル。

王家に従属する貴族の中で、五本の指に入る名家として知られる、グレーテル家の当主。

そして、かつて魔法騎士団の団長にまで上り詰めた魔法使いの一人だ。

四十を超えて引退したものの、実力は衰えていないという。

父の鋭い眼差しは、見る者を圧倒し、平伏させてしまう。

ソラも蛇に睨まれた蛙のように固まっている。

「父上、僕に御用とは？」

僕は答えのわかりきった質問を口にした。

「ウィリアム、お前もじき成人となるだろう」

「はい。二日後に誕生日を迎えます」

「では、慣わし通り、お前にも領地を与えよう」

「ありがとうございます」

祝い事の話をしているのに、お互い、表情はピクリとも動かない。さらに父上は続けて言う。

「詳細は追って連絡する。二日後の夕刻には、お前の屋敷に通達が届くだろう。そこから一週間以内に身支度を済ませ、領地へと移るんだ。一週間経過して、屋敷に残っていた物はこちらで処分する。使用人もだ。不要なら置いていけ」

「もちろん全員連れて行きます。移動の際に連絡は必要ですか？」

「不要だ。用件は以上だが、質問があるなら受け付けるぞ」

「いいえ、ありません」

「そうか。では下がって良いぞ」

「はい」

なんという淡白な会話なんだろう。

自分でも悲しくなるくらい感情の篭っていないやり取りだった。とても親子とは思えない。

それほどに僕たちの関係は冷め切っているということだ。

ただ……おめでとう、くらいは言ってほしかったかな。

そんな想いを内に秘め、僕はソラと屋敷へ戻った。

心配していたメイドの彼女たちには、なんともなかったと伝えてその日を終えた。


そして二日後――

「誕生日おめでとー!!」

ニーナの掛け声を合図に、部屋中に拍手の音が響く。

みんなが僕のためにパーティーを準備してくれたんだ。

今日はユノも参加してくれて、全員で食事を楽しむ。

「ウィル様も今日で成人だよー！　いいな～」

「ニーナはあと二年だっけ？　ソラとホロウもだよね？」

「そうそう！　ホロちゃんとソラちゃんは、あたしとおんなじ年だもんねぇ～」

「来年がシーナで、ロトンはまだ先だね」

「うぅ～、皆さんが羨ましいです」

ロトンは悔しそうに言った。

その頭を撫でてあげているシーナ。

二人の微笑ましい光景を眺めていると、ツンツンと僕の背中をユノがつついてくる。

「ウィル、そろそろではないのか？」

「あーそうだね。たぶんそろそろだと思う」

今日の夕刻までに、父上から領地についての詳細が届くことになっている。

「領地の話？　どんな所かな～」

ニーナがワクワクした表情で天井を眺めながら言った。

「うーん、あんまり期待はしないほうが良いと思うよ。たぶん良い場所ではないから、みんなにも苦労かけると思うし」

「そんな顔しないでください」

「サトラ……」

「私たちは、ウィル様と一緒ならどこだって構いません」

「そうだよ！　あたしもどこだって付いていくから！」

私も！という声が次々に上がる。

彼女たちが向けてくれる信頼を、僕は嬉しく思う。

そうしていると、来客を知らせるベルが鳴る。

チリンチリン！

「来たようじゃな」

「私が行きます」

ソラが玄関へ向かい、二分くらいで封筒を持って食堂まで戻ってきた。

「こちらです」

僕はソラから封筒を受け取り、丁寧に口を開けて中の紙を取り出した。

そこには領地の場所と詳細が記されていた。

それを見て、僕は固まった。

ああ……やっぱりか。

こういうことになるだろうって、何となくわかってたよ。

期待しないでいたつもりだったけど、さすがにここまでとは……。

取り出した紙には、辺境の何もない土地の名が、目立つように記されていた。


誕生日から五日後。

僕たちは荷造りを済ませて屋敷の庭に出ていた。

庭には僕たちの他に、荷物を積んだ馬車が五台停まっている。

「これで全部ですね」

「うん。必要な物は詰め込んだよ」

僕とソラで荷物の最終チェックを終わらせ、いよいよ出発するだけとなった。

するとホロウが近寄ってくる。

「どうしたの？　何か忘れ物でもあったかな？」

「いえ、忘れ物というか……あの地下室はどうされるんですか？」

「研究室のこと？」

「はい。あそこには研究に使う設備とか、大切な物がたくさんありますよね？　なのに全然それらしい荷物がないから」

「それなら心配無用じゃ」

「ユノさん」

僕たちの会話へユノが入ってきた。

現在の時刻は朝の七時。本来なら眠っている時間だから、とても眠そうな顔をしている。

「大丈夫というのは？」

「なに、あの部屋はワシが作り出した空間なんじゃよ」

「えっ？　えっと……」

ホロウは困った顔をした。この表情は理解できていないな。

「ホロウ、実はね？　この屋敷には初めから、地下室なんてなかったんだよ？」

「えぇ!?　じゃああの部屋は一体？」

「じゃーかーらー、ワシが作ったと言っておるじゃろ」

ホロウは首を傾げる。

どうやらまだ腑に落ちていないようなので、僕も説明する。

「ユノの魔法は、空間を生み出したり、空間と空間を繋げたりできるんだよ。あの部屋があった場所も、ユノの魔法で生み出した空間だったってこと」

名前はそのまま【空間魔法】という。

今の世では使用者が一人もいない、幻の魔法の一つ。

ユノが生まれた時代は、神々が地上を闊歩していて神代と呼ばれていた。そのことから、当時のみ使用者がいた魔法を神代魔法と呼んでいる。ユノの魔法はその一つでもある。

「だからね。中身を移動させなくても、もう一度入り口を繋げれば、またあの部屋に行けるってことなんだ」

「すごい！　そんなに便利な魔法があったんですね！」

「まぁユノは特別だからね」

「そうじゃ！　ワシは特別じゃからのう！」

ユノはえっへんと言いたげに胸を張る。

見た目は子供、中身は三千年を生きた神祖。しかし時折、見た目相応に子供らしい彼女である。

「さて、さっそく出発しよう」

目的の領地は遠く、馬車でも今から出発して、ギリギリ二日後の日没に間に合うかどうかの距離だ。

道が混んでいるとか、予期せぬアクシデントにでもあえば、到着が夜になってしまうかもしれない。

夜の移動は極めて危険だ。魔物が出やすくなるからね。

できるだけ早く、何とか夕刻のうちに到着したい。

「みんな馬車に乗って！　ユノ、ホロウ、二人は僕の隣へ」

「うむ」

「はい」

馬車は全部で五台。

ソラたちにはそれぞれ一台ずつを任せた。

ホロウは馬を操れないので僕と一緒に、それから日中は眠るユノも同じ馬車に乗ることになった。

「出発だ！」

僕の馬車を先頭にして、五台の馬車が一列に並ぶ。

八年間過ごした屋敷に別れを告げ、僕たちは新天地に向けて出発した。

「ごめんなさい、ウィル様。私が操縦できれば良かったんですけど……」

「そんな顔しないで。ホロウは来たばかりなんだから仕方がないよ。それより地図を出してもらえるかな？」

「はい！　えっと——」

ホロウは傍(かたわ)らに置いてあるバッグから、茶色く日焼けした紙を取り出した。

それをばっと広げると、この世界の地図が現れた。

地図には巨大で横長な大陸が中央に一つと、その右上に長靴のような形をした大陸が一つ、さらに左下にはドーナツ形の大陸が一つ、計三つの大陸が描かれていた。

「僕たちの国は……ここだね」

僕は一番大きな大陸の中央、その少し左側を指差した。

地図にはウェストニカ王国と記されている。

そこから指をさらに左へずらし、境界線が引かれているギリギリまで動かして止める。

「そしてここが、僕たちが目指している領地だ」

「遠い……本当に国の端っこですね」

「うん。調べてみたけど、この辺りに街はないし、小さな集落もないらしい。完全に孤立した領地だよ」

さらには隣国フォルテオ帝国との国境付近だ。

あの国とは昔から折り合いが悪かった。

もしも戦争になったりしたら、一番初めに侵略を受ける場所でもある。

「大丈夫なのでしょうか……」

「大丈夫……にするしかないね。僕たちはこれから、その場所で生きていかなくちゃならないから」

「そうですね……」

不安そうな表情を見せるホロウ。

正直に言うと僕も不安だ。

どこまでやれるか自分でもわからないからね。

ただせめて、彼女たちだけは命に代えても守り抜こうと決めている。

「もうすぐ王都を出るから、その後は道案内よろしくね」

「はい。任せてください」

「ふぁー……」

ユノが大きな欠伸をした。

どうやらそろそろ眠気の限界みたいだ。

「ならワシは到着までしばらく眠るぞ？」

「うん。手伝ってくれてありがとう」

「うむ、何かあれば起こすが良い。じゃーおやすみぃ……」

ユノは僕のほうへ身体を倒し、僕の膝をまくら代わりにして眠った。

よほど眠かったのだろう。

すぐに寝入ってしまって、幸せそうに寝息をたてている。

「お疲れ様、ユノ」

そうして、僕たちの馬車は王都の敷地を出て行く。

4 滅んだ街と子供たち

王都を出発して五時間。

時刻は正午を回り、僕たちはちょうど良さそうな木陰を見つけて昼休憩を挟むことにした。

周りは一面草原で、木が数本生えているくらいで見通しは良い。

比較的安全な場所のようだ。ちなみにユノは、馬車の御者台で眠っている。

「今どの辺りでしょう？」

ソラが僕に尋ねてきた。

「ホロウ、地図見せて」

「はい」

ホロウがみんなに見えるように、この付近の詳細が描かれた地図を地面に広げた。

僕は大体の位置を指差す。

「この辺だと思うよ」

「まだまだ先だねぇ～」

と言いながら、ニーナが草原に寝そべった。

五時間の移動は、普段から動き回っている彼女たちでも、それなりに応えるらしい。

そういう僕も、馬車の揺れのせいで腰が痛くなってきた。

まだしばらくは我慢しないといけないな。

みんなと一緒に三十分くらいのんびりした後、僕は立ち上がった。

「さっ、そろそろ出発しよう。このペースなら予定通りに到着できそうだね」

僕の掛け声に合わせて、彼女たちは馬車へ乗り込む。

草原に寝そべっていたニーナは中々動こうとしなかったけど、サトラの――

「置いていくわよー」

という声に反応して、急いで自分の馬車に乗った。

僕はぐっすり眠るユノを優しく抱き抱えて、もう一度自分の膝に彼女の頭を乗せた。隣にホロウも座って準備は万端だ。

そして再出発。

ここからしばらく草原が続いて、この草原を抜けると山岳地帯に入る。

その山岳地帯が一番心配な場所だ。

調べたところによると、一日のうちに平均三回、天候が大きく変化するらしい。

酷いときには、晴天から急に雷雲漂う嵐に早変わりすることもあるそうだ。

「どうなるんでしょうか……」

「さぁ、そこは運次第としか言えないかな」

この山岳地帯の天候は、一度変化してから最低六時間は変わらないという。

馬車のスピードなら、一時間もあれば山岳地帯を抜けられる。

つまり晴天、もしくは曇り程度になった頃に突入できれば問題ないということだ。

逆に最初から悪天候だった場合、天気が良くなるまで待たなくてはならない。

「残念ながら、悪天候だったら折り返すしかないかな。一応、近くに小さな街もあるみたいだから、そうなったらそこへ行こう」

「はい」

そうして休憩から二時間進み、問題の山岳地帯が見えてきた。

ここまで来ると、もう大体状況はわかる。

見上げると、大きくて厚い雲がびっしりと空にかかっている。

あれは積乱雲で、その下は例の山岳地帯だ。

つまり――

「あっ、雷落ちたね」

「そうみたいですね」

轟音と一緒に、一筋の光が山中のどこかへ落ちた。

ご覧の通りの大荒れ。

とてもじゃないけど、この中を進むのは危険過ぎる。

僕たちは来た道を一旦戻って、一番近くに見えた木陰で馬車を止めた。

「えー皆さん、見てもらった通り、山岳地帯は天候が最悪みたいです。なので予定を変更して、近くにある街へ向かおうと思います」

「うわ～ん、せっかくたくさんお祈りしたのにぃ～」

「ボクもニーナさんと一緒にお祈り頑張ったんですけど……残念です」

ニーナとロトンは二人ともしょんぼりしている。

あの山岳地帯を抜けてしまえば、もう領地まで一直線だったのに……。

僕もがっかりしている。

「仕方ありませんよ。あの天候で進むのは危険過ぎますから」

「うん、ソラの言う通りだ。早く着くことも大切だけど、みんなの安全のほうがもっと大切だからね。今日は断念して、明日朝早くから来よう」

早朝から待っていれば、悪天候でも回復する可能性がある。

もし無理でも、時間をかけて迂回路を進むことだって可能だ。

今日無理するより、明日の朝に備えたほうが賢明と言えるね。

「じゃあみんな馬車に戻って。ホロウ、また案内頼める？」

「はい」

ソラたちが自分の馬車へ戻っていく。

僕とホロウも戻ってみると、眠っていたユノが目を覚ましていた。

目を擦りながら周りを見回している。

「何じゃ……もう着いたのかぁ？　随分見晴らしの良い場所じゃのう……」

あらら、どうやら寝ぼけているらしい。

「まだ到着していないよ。天候が悪くて進めなかったから、今日は近くの街で一晩過ごすことになったんだ」

「そうなのかぁ……ならワシはもうちょっと寝るぞ」

「うん、到着したら起こすね」

「うむぅ……」

ゆっくり倒れながらまた眠りに入るユノ。

馬車に揺られて来た道を戻り、途中で休んだ木陰あたりで右に逸れる。

そのまま真っ直ぐ進むと、馬車が一台通れる程度に整備された道がある。

その道を北へ進めば、目的の街にたどり着けるらしい。

「テリパラ、という街のようですね」

「うーん、あんまり聞いたことない街だな〜。王都からだいぶ離れているし、そこまで大きな街でもなさそうだけど」

「……私たちに対して、友好的であれば嬉しいですね」

「ホロウ……」

この国の人間は、ほとんどが亜人を見下している。

王都から離れているといっても、その傾向はあるだろう。

彼女たちにとって必ずしも快適な環境とは限らないのだ。

「きっと大丈夫だよ。少なくとも、いきなり襲われることはないから」

「そう……ですよね。はい」

いざという時は僕が守ろう。そう心に決め、テリパラを目指す。

街で暮らす人たちが友好的であればいい。そうも祈りながら進んだ。

しかし、そんな心配は無意味だった。

というより、事態は予想の斜め上をいっていた。

テリパラに到着した僕たちは、愕然として立ち尽くした。

街の人間がどうとか、そういう問題じゃない。

僕たちがたどり着いた時には——


街が滅んでいた。


荒んだ街を乾いた風が吹き抜けていく。

建物は崩れ、原型を留めていない物もチラホラ見受けられる。

植物の類はまったく生えていない。

僕たちが到着したテリパラという街は、文字通りの廃街になってしまっていた。

「え……何これ、どういうこと!?」

ニーナが動揺して街を見渡す。

右を見ても左を見ても、崩壊した街並みがあるだけだ。

どう見ても人間が生活できるような環境じゃない。

「この荒れよう……一体何があったのでしょう」

ソラが言った。僕は首を横に振ってから答える。

「わからない。とにかく中へ入ってみよう」

「そうですね」

入り口で立ち止まっていても仕方がない。

僕たちは調査もかねて、崩壊した街に踏み入ることにした。

その前にユノを起こさないといけないな。

「ユノ、ごめん起きて」

「うぅ……着いたのか？」

「うん、着いた。着いたんだけど、あまり良い状況じゃないかな」

「ん？　どういう……あぁ、そういうことじゃな」

ユノは街の様子を見て状況を理解した。

寝起きの身体を起こすため、馬車から降りて背伸びをする。

そうして街を眺めながら、僕にこう言ってくる。

「ウィル、警戒しておけよ。何か潜んでおるやもしれん」

「わかってるよ。みんな、僕の傍を離れないで！　馬車は外に置いていこう」

指示を出し、馬車を街から少し離れた場所に停めた。

無防備ではあるけど、馬車より彼女たちの安全優先だ。

「よし、行ってみよう」

僕が先頭を歩き、ユノが一番後ろを歩く。

周囲を警戒しながら、街路を進む。

崩壊の有様は、街の奥へ進むほど酷かった。

瓦礫の隙間とか道の脇には、白骨死体まで転がっている。

僕はともかく、彼女たちには見せたくない光景だ。

「この感じ……数日前に滅んだ、とかじゃなさそうだね」

人間の死体を地上に放置した場合、数ヶ月から一年程度で白骨化する。

つまり、この街が滅んでから、最低でもそれくらいの期間が経過しているということだ。

さらに注意深く観察していくと、街の至る所に武器が転がっていた。

「野盗……もしくは魔物の襲撃にあった？」

「かもしれませんね。この様子だと、生存者は絶望的かと」

ソラの言う通り、この有様で生きている人がいるとは思えない。

そう結論付けようとした直後、誰かに見られていることに気付く。

「ウィル」

「わかってるよ、ユノ」

僕とユノが立ち止まった。

それに気付いて、他のみんなも立ち止まる。

僕は注意深く周囲を観察しなおした。

「……」

視線はあれど姿はない。

ただこの視線……敵意は感じられない。

友好的でもないけど、これは警戒しているだけか？

思い切って呼びかけてみようか。

「誰かいるのか？　もしいるなら顔を見せてほしい！」

呼びかけ虚(むな)しく、物音一つしない。

やっぱり駄目だったか。

そう思ったけど、崩れた家の陰からひょこっと一人が顔を出した。

「あれは……子供？」

「あぁ！　あたしと同じ耳がついてるよ！」

家の陰から顔を出したのは、ニーナと同じ猫の耳を持った獣人の女の子だった。

その子に続いて、ゾロゾロと他の子供たちが顔を出していく。

「こ、こんなにたくさん……」

ホロウが驚くのも無理はない。

顔を出したのは一人や二人ではなかった。ざっと数えただけでも二十人はいる。

全員年端もいかない子供で、しかも獣人ばかりのようだ。

僕たちの頭には次々と疑問が浮かんでくる。

どうして子供がこんな場所にいる？

大人たちはどこへ？

そもそもどうやって、今日まで生き抜いてきた？

どうして獣人の子供しかいない？

疑問は増えるばかりで解決しない。

頭がこんがらがってしまう前に、一旦落ち着くことにする。

悩むのは後にしよう。

どういう理由であれ、子供だけでこんな場所にいるのは危険だろう。

話をするためにも、まず彼らの警戒を解かなければ――

「おほんっ、初めましてみんな！　僕はウィリアム！　自分の領地を目指して旅をしていたんだけど、この先の山岳地帯の天気が悪くて進めなくて、近くにあったこの街に来たんだ！」

僕は子供たちに語りかける。

「僕らは君たちの敵じゃない！　もし良かったら、僕とお話をしてくれないかな？」

呼びかけて反応を待つ。

子供たちは物陰からこっちを見るばかりで、近寄ってくることはなかった。

「駄目か……」

「まぁそうじゃろう。いきなり来た人間を信用するなど、さすがに子供でも無理じゃからな」

「だよねぇ～」

わかってはいたけど、どうしたものか。

もうすぐ日が暮れてしまう。この状況のまま夜を迎えるのは良くない。

なんとかできないだろうか……。

僕は腕を組んで考えていた。

そのとき、かすかに「ぐぅ～」とお腹が鳴る音が聞こえてきた。

「今の音……」

他のみんなは反応していないところを見ると、聞こえたのは僕だけらしい。

ただその音をヒントに、僕はある案を思いついた。

そしてソラに尋ねる。

「ねぇソラ、食料ってどのくらいあるの？」

「食料ですか？　念のため多めに持ってはきましたよ」

「例えば、二十人前プラスしても大丈夫だったりする？」

「そのくらいならギリギリいけると思いますよ。明日以降の分はほとんどなくなりますが……って、もしかして!?」

「うん、お願いできるかな？」

ソラは僕の考えを察してくれたらしい。

少しだけ考えた後、首を縦に振ってくれた。

「わかりました。では一旦馬車へ戻りましょう。皆さんも準備を手伝ってください」

「えっ？　準備って何？　何かするの？」

「ニーナも急いで！　説明は歩きながら僕がするから」

「え、えぇーちょっと待ってよぉー」

僕とソラに流されて、ニーナたちも馬車へと急いだ。

その道中で作戦を説明し、全員の同意を得てから実行に移す。

「早く作ってあげたいし、僕も手伝うよ」

「ワシもか？」

「もちろん」

「はぁ……仕方ないのう」

作戦は全員で一丸となって実行する。

まずは食材と調理器具を用意して、次に調理場の作成だ。

こんなこともあろうかと、簡易調理スペースを作れるキットを持って来てある。それを順々に組み立てて、火をおこせば完成。

あとは料理に取り掛かるだけだ。

昼間は暖かかったけど、さすがに夜は冷え込んでくる。

温まる料理が好ましいと思い、野菜たっぷりのスープを作ることにした。

早速材料を切り出し、鍋に入れていく。

僕たちの分を含めて約三十人前ともなると、鍋は一つでは足りない。

持って来た鍋を全部使い、大量のスープを作っていく。

しばらくすると、美味しそうな香りが周囲に広がっていった。

様子を窺っていた子供たちも、その香りに誘われて少しずつ近寄ってくる。

どうやら警戒心より食欲のほうが勝ったらしい。

僕は作戦の成功を予感した。

「よし！　完成したね！」

みんなで協力して、全員分の料理が完成した。あとは器によそって食べるだけ。

僕は近づいてきていた一人の女の子に優しく声をかける。

「良かったら一緒に食べない？　温かくて美味しいよ？」

「……」

まだ警戒しているようだ。

しかしお腹は鳴っていて、その音は僕以外にも聞こえるくらい大きくなっている。

「ニーナ、お願いしてもいい？」

「まっかせてぇ！」

僕は彼らと見た目が近いニーナにバトンタッチした。

彼女はスープをよそって、ニコニコしながら女の子へ近寄る。

「はいどうぞ！　一緒に食べよう！」

屈託のない笑顔で差し出した。

女の子はニーナの顔を何度も見ながら、恐る恐るスープに手を伸ばす。

そして、受け取ると温かさに誘われ、我慢できずに口をつける。

「どう？」

「——美味しい！」

「やったぁー！」

女の子は笑顔を見せた。

その様子を見ていた他の子供たちも、次々に近寄ってくる。

手渡す係をニーナたち獣人の三人に任せ、残りのメンバーでスープをよそっていく。

そうして気が付くと、食卓を囲む団欒の輪が出来上がっていた。

スープが入っていたお皿は、みんな綺麗に空っぽになっている。

そしてニーナが大きな声で号令をかける。

「せーの！」

「「ごちそうさまでした！」」

パンと手を合わせ、仲良く感謝の言葉を口にした。

夕食の時間を一緒に過ごす中で、子供たちとすっかり打ち解けることができた。

特にニーナの頑張りが大きい。

彼女の底抜けな明るさのお陰で、子供たちの警戒心が解けたからだ。

子供たちは彼女に気を許し、食べ終わった後も逃げていくことなく一緒にいる。

「ねぇねぇ」

「ん？　どうしたの？」

僕の近くに座っていた女の子が、僕の袖をツンツンと突いてきた。

「お兄ちゃんたちはどこから来たの？」

「僕たちはねぇ、王都っていう、この国でいっち番大きな街から来たんだよ」

「へぇーそうなのぉ？　お兄ちゃんは偉い人？」

「う〜ん、一応貴族ではあるんだけどぉ……まぁみんなと変わらないよ」

「ふぅ〜ん」

「それじゃ、僕からもみんなに聞いて良いかな？」

僕は全体に聞こえる声で語りかけた。

子供たちの視線が僕に集まる。

「話したくなければ、無理に答えなくても良いよ。みんなはどうして、この街にいるのかな？」

「……」

子供たちからの返事はない。

やっぱり答えたくないような何かがあったんだろうか。

すると、一人の男の子が手を挙げた。

「あ、あの！　オレから話します！」

「話してくれるのかい？」

男の子は頷いた。

彼はこの子供たちの中では一番年上のようだ。

黒い髪と目をした犬の獣人で、今日まで他の子供を守るために頑張ってきたみたい。

彼の話によると、半年ほど前までは、ここも街として機能していたという。

人間が六割、四割は奴隷として働いていた獣人、という構成だったようだ。

そこへ突然、野盗が現れて街をめちゃくちゃにしたらしい。

子供たちが生き残っているのは、そのとき地下の奴隷専用の部屋に押し込められていたからだという話だ。

「野盗たちはすぐに去っていったの？」

「すぐじゃない。何日かいて、朝起きたらいなくなってた」

「それから半年間も、どうやって生活してたの？　食料とかは？」

「地下に少し残ってた。あとは……虫とか草とかで」

それを聞いた途端、空気がドシンと重くなったのを感じた。

何か言葉をかけてあげたいのに、その言葉が見つからない。

あまりに悲惨な事実に、怒るとか悲しむとかよりも絶望していた。

さらに話を聞くと、子供たちには親がいないそうだ。

一緒にいた獣人の大人たちも含め、どこかで拾われるか買われるかしてこの街に来たらしい。

時折、街と付き合いのあった商人や役人が来たものの、彼らは人間だけを埋葬し、獣人たちのことは放置したという。それがあの白骨死体だったわけだ。

聞けば聞くほど愕然とする。

こんなに残酷な現実を、ここにいる子供たちは知ってしまったんだ。

話が終わり、片づけを一緒に済ませた後は、みんな疲れて寝てしまった。

子供たちと一緒に、ソラたちも眠っている。長旅で相当疲れたようだ。

起きているのは、僕とユノだけだ。

「主も疲れておるじゃろ？　警戒ならワシに任せて、主も寝て良いのじゃぞ？」

「僕は大丈夫だよ。それに一人でこの人数を見張るのは大変でしょ？　ただでさえ野ざらしなんだから」

「それはそうじゃが、明日も朝から移動するんじゃろ？　なら少しでも寝ておけ。明日倒れたら本末転倒じゃ」

「それは……わかってるんだけどさ。ごめん、何か眠れそうにないんだ」

「……子供たちのことか？」

僕は黙って頷く。

「主が気に病むことではないじゃろ。何か悪いことをしたわけではない。見捨てたわけでもないんじゃ。知らなかったのじゃから仕方がない」

ユノはそう言って僕を励ましてくれた。

彼女の言っていることは正しい。

僕が子供たちの惨状を知ったのは、ついさっきのことだ。

そのときには全部終わっていて、どうしようもない状態になっていた。

わかってはいるんだよ。

「でも……仕方がないで済ませたら、この子たちが報われないよ」

「ならばどうする？　主はどうしたいんじゃ？」

「そうだね……僕は――」

その日の夜は結局、一睡もできないまま朝を迎えた。

瞼（まぶた）に差し込む朝日に照らされて、一人二人と起きてくる。

全員が起きたところで朝食をとった。

昨日で食材はほとんど使ってしまったから、余っていたパンをみんなで分け合った。

「ウィル様、そろそろ出発しないと」

「そうだね、ソラ」

「待ってウィル様！　子供たちは？」

「大丈夫だよニーナ。それについては僕に考えがあるから」

昨晩ユノと一緒に話して決めた。

子供たちをどうしたいのか。

その答えをこれから話そう。

「みんな聞いてほしい。僕たちはこれから、予定通り領地を目指して出発する」

「ええ、お兄ちゃんたち、いなくなっちゃうの？」

昨日僕の袖をつついてきた女の子が、寂しそうな表情でそう言った。

「うん、僕たちは新しいお家に向かう途中だったんだよ。ずっとここにはいられないんだ」

「……」

子供たちはみんな、沈んだ表情で黙りこくっている。

「だからさ？　みんなも一緒に来ないか？」

「いいのぉ⁉」

「もちろん。その代わり、お姉さんたちと一緒に、しっかり働いてもらうよ？　それでもいいかな？」

「うん！　わたし頑張る！」

「そっか！」

これが僕の考え、僕の答えだ。

僕は子供たちを放ってはおけない。

まだ開拓前の領地へ連れて行くなんて、リスクが大きいことも理解している。

それでも見捨てられない。

見てしまったから、知ってしまったから、見て見ぬフリはできないよ。

「いいよね？　ユノ」

「ワシに聞く必要はない。主の好きなようにすると良い」

「うん、ありがと！　それじゃ、昨日話したことをお願いしてもいいかな？」

「了解じゃ」

ユノは壊れた建物に近づいていく。

何軒か見定めて、ある壁の前で立ち止まった。

「ここで良いじゃろ」

右手を壁にぺたりと付ける。すると、手のひらから赤い影が長方形に広がり、見慣れた扉に変化した。

「準備できたぞ」

「あの扉は！」

ホロウは気付いたようだ。

そう、ユノが生み出した扉は、研究室へ続いていた扉と一緒だ。

開けるとさらに見覚えのある階段がある。

「みんなには移動中、この部屋にいてもらいたいんだ。さすがにこの人数を馬車には乗せられないからね」

「装置とか書類には触れるなよ？　危険じゃからな」

付け足したユノに頷き、子供たちに念を押す。

「みんなは約束を守れるかな？」

「「はーい！」」

「うん！　良い返事だね」

子供たちが研究室に入った後、壁に生成した扉を消す。

こうすれば内外の行き来を完全に遮断できる。

一番安全な場所の完成というわけだ。

「とはいえ、ずっと研究室にいさせるわけにもいかない。すぐに出発しようか」

「ならワシは寝るぞぉ」

ソラたちは自分の馬車に、ホロウとユノは僕の馬車に乗って、再び山岳地帯に向けて出発する。

5　新天地

馬車に揺られていると、昨日と同様山岳地帯が見えてきた。

昨日雲が見えた地点まで進んだが、今日は雲ひとつない青空が広がっている。

どうやら進むことができそうだ。

「今日は行けそうですね」

「うん、でもいつ天候が変わるかわからない。少し急ごうか」

後続の馬車に合図を送り、鞭（むち）を強く打ってスピードを上げる。

道がさっきより荒れているせいで、揺れが強くなった。

「ユノさん、起きてしまうでしょうか」

「たぶん大丈夫だと思うよ？　昨日も頑張ってくれて疲れてるだろうし、このくらいじゃ起きないよ」

「……お疲れなのはウィル様もですよね？」

「僕？　僕は平気だよ。昨日もちゃんと寝たし――」

「嘘をつかないでください。目の隈（くま）を見れば、寝ていないのはわかりますから」

ホロウは心配そうな顔をして、少し怒ったような口調で僕に言った。

僕はふぅーと長く息を吐く。

「そっか、バレちゃってたんだね。ごめん、でも大丈夫だから」

「無理はしないでください。ウィル様に何かあれば、私は悲しいですし、皆さんも悲しまれます」

「うん、わかってる。ありがとう」

馬車は街道を急ぎ足で進んだ。

結果的に、本来なら一時間かかる道を、四十分程度で抜けることができた。

それから半日かけて、ひたすら森の中を駆ける。

夕方になったところで馬車を停め、森の中で一夜を過ごす。

翌日の朝、目的地に向けて再スタート。昨日の朝以来のパンをかじって馬車を走らせる。

そして――

広大な森を抜けた先に、目的の領地は広がっていた。

僕たちは馬車を停めた。

目的地である新たな屋敷にはまだ到着していない。

それでも足を止めたのは、目の前に広がる光景が信じられなかったからだ。

そこには何もなかった。

途中に通った森で、飽きるほど見た木が、この一帯には一本も生えていない。

大地は乾き、ひび割れている。

自然の恵みは……まったくと言っていいほど感じられない。

「これは中々……予想以上だな」

僕は思わず呆れてしまった。

地図で見たときから期待はしていなかったけど、ここまで酷い有様だとは思っていなかった。

僕は失念していた。甘く見ていた。

自分がどれほど父上に嫌われているか……それをもっとよく考えておくべきだった。

いや、覚悟していたとしても無意味か。

どうせ抗(あらが)いようがないんだから。

「とりあえず屋敷へ向かおう。もう見えてるしね」

遠くのほうにポツリと、一軒だけ建物が見える。

おそらくアレが、僕たちの新たな家になるんだろう。

土地がこんな状況だし、屋敷にもあまり期待はできなさそうだ。

そして到着してみると予想通り、見るからにボロボロの屋敷が立っていた。

大きさは以前の別荘より広いけど、壁は剥(は)がれかけているし、十数年は人が暮らした形跡がない。

これはちゃんと家としての機能を保っているのだろうか？

「中に入ってみませんか？」

「……そうだね」

ソラが一番に屋敷内へ踏み込み、僕たちはその後に付いて行った。

扉の施錠(せじょう)は受け取っていた鍵で開けた。

ギギギィーという音を立てながら玄関の扉が開く。

「うわっ……埃(ほこり)まみれだな」

開けた瞬間、溜まっていた埃が一気に舞い上がって視界を塞(ふさ)いだ。

埃を吸い込んでしまって咳(せき)をする者もいる。

よく見ると、中の造りは別荘とほとんど同じらしい。

玄関のすぐ奥には二階へ続く階段がある。

この屋敷は外から見て三階建てだったから、階段はさらに上へ続いているのだろう。

僕たちは安全を確かめるため、一通り屋敷の中を見てまわった。

一階にはキッチンと食堂、それからお風呂もあった。

二階には書庫があって、会議室のような広い部屋もあった。

三階はほとんど同じ部屋が続いていた。

どこも埃まみれだったけど、住居としての機能は維持しているようだ。

井戸の水はちゃんと使えるし、キッチンの魔法の設備も起動した。

これなら掃除さえすれば、暮らせる環境に戻せると思う。

屋敷を出た後、眠っているユノを起こして研究室に繋がる扉を作ってもらった。

中で待っている子供たちを呼び、屋敷の前に集合させる。

「おっきー！」

「でも汚いねー」

子供たちは屋敷を見上げながら好き勝手に言っている。

僕は子供たちに聞こえるように言う。

「今日からここが、僕たちの暮らす家だよ。ただ、ずっと使ってなかったから、中はすごく汚れているんだ。みんなにも掃除を手伝ってほしいんだけど、やってくれるかな？」

僕が質問すると、子供たちは元気良く同意してくれた。

床や壁はもちろん、ベッドの布団やカーテンも埃まみれだ。

気持ち良く眠るには全部一度洗って乾かさないといけない。

今の時間を考えると、全員で頑張っても今日中には終わりそうにない。

どうやら今日も、ふかふかのベッドで眠るのはお預けみたいだ。

「ふぁ～」

「起こしてごめんね、ユノ。まだお昼だしゆっくり休んでて」

そう言った僕をじとーっと見つめるユノ。

大きくため息をついて呆れた顔をする。

「ワシも手伝う」

「えっ、でもまだ寝ている時間でしょ？　無理しなくても」

「無理をしている主に言われたくないわ。さっさと終わらせて、今日こそちゃんと寝るんじゃよ」

そう言いながら、ユノは屋敷の中へ入っていった。

やれやれ、ホロウにも言われたばかりなのに、ユノにまで怒られるなんてね。

「これ以上は心配をかけられないなぁ」

独り言を口にして、僕も屋敷の中へ入っていく。

新しい屋敷は多少劣化しているものの破損している所はなかった。

埃が溜まっているだけなら、綺麗に拭き取って洗ってしまえば問題ない。机も椅子も、家具も綺麗に拭いていく。

こんな状態で水が通っていたのは幸いだった。

外の状況から察するに、水は地下から引いているんだろう。

汚れている布団やシーツは、水と別荘から持って来た洗剤で洗い、庭に設置した物干し竿で干す。

さすがに屋敷の全部を一気に、というのは無理なので、すぐに使いたい寝具を優先して、カーテンとかは後回しにする。

別荘から持って来た家具や物品もあるけど、今日はそこまで手が回りそうにないな。

「ウィル様」

「ソラ、どうしたの?」

「少しこちらへ」

僕はソラに腕を引かれ、誰もいない部屋へ移動した。

「食事はどうされるおつもりですか?」

「あーそうだったね。もう使い切っちゃったのか」

「はい。今朝の分で最後でした」

一昨日の晩、子供たちの分も夕飯を作ったから、持って来た材料が底をついている。

元々多めに持って来ていたらしいけど、二十人も増えるなんて予想外だったからね。

今は食べられる物がない。

時間的には、もう夕飯をとる頃なんだろうけど、準備したくてもできない。

一番の問題は、今日からずっとこれが続くということだ。

「とりあえず、数日分は僕がなんとかするよ」

「……そうですね。よろしくお願いします」

「あれ？　怒らないんだね」

「こんな状況では責められませんよ。そうしなければ、皆さんが飢えてしまいますから……」

ソラは悲しそうな顔でそう言った。

彼女は僕が、これから何をしようとしているかを知っている。

僕がどうにかできることを知っている。

これを知っているのは、ソラとユノだけだ。

他のみんなは知らない。ずっと秘密にしてきたから。

「ごめんね、みんなに心配かけてばっかりだな……僕は」

「本当ですよ。でも、私は自分が情けないです。こんな時さえ、ウィル様に頼ってばかりの自分が恥ずかしい」

「そんなこと言わないでよ。ソラには昔からずっと頼りっぱなしだったんだ。こういう時ぐらい格好つけさせてよ？」

「お言葉ですが、ウィル様はいつだって格好良いですよ。皆さんも、そう思っているはずです」

「ソラ……急にそんなこと言われると恥ずかしいなぁ」

「なので、たまには格好悪いところも見せてください。私たちだって、ウィル様の力になりたいんですから」

ソラは僕の右手をぎゅっと握り、祈るように胸の前で包み込んだ。

僕は思わず、照れくさくなって笑ってしまった。

「なるほど。うん、そうするよ」

「はい」

ソラはずるい。

いつも不意にこういうことを言ってくるんだから。

だけど、そのお陰で疲れていた身体に元気が湧いてきた。

これならもう少し、頑張れると思う。

「少し時間がほしい。その間は、誰も部屋に入れないで」

「……かしこまりました」

ソラが部屋を出て行く。

それから僕は、誰にも見えない場所で、あることをした。

そして一時間後――

掃除が一段落し、夜が更けると、全員の空腹が限界を迎えようとしていた。

メイドの彼女たちも、子供たちでさえ、食料がないことに気付いていたから、誰も何も言わなかった。我慢するしかないと思っていたに違いない。

そんなみんなの嗅覚(きゅうかく)を、美味しそうな香りが刺激する。

「これって――」

ニーナがいの一番に、キッチンのほうへ向かった。

それに連れられるように、他のみんなも駆けていく。

近づくごとに確かになる香りに、期待と疑問を抱きながら、勢い良く扉を開ける。

「もう少しお待ちください。まだ調理中ですから」

そこにはキッチンに立つソラの姿があった。

ニーナたちは驚く。

ないはずの食材が、テーブルの上に山のように積まれているからだ。

どういうことかと声が飛び交う。

ただ一人、ユノだけはそれを見て察したようだった。

ニーナは混乱しながらも尋ねる。

「ソ、ソラちゃん！　この野菜とかどうしたの!?」

「僕が用意したんだよ」

「ウィル様が!?　どうやって集めたの！」

「それは秘密。今日はもう遅いし、明日になればわかるよ。あと、実際に見たほうがわかりやすいしね」

そう誤魔化すと、ニーナはそれ以上は聞かなかった。

代わりにユノが近寄ってきて、僕の隣で立ち止まり、僕にしか聞こえないように言う。

「主よ、また無茶をしたな？」

「うん、でもこれで最後だから。今日はちゃんと寝るよ」

ユノは大きくため息をつく。

やれやれという表情になり、ちょっと怒った口調で言う。

「もし起きていたら、無理やり気絶させるからのう？」

「ははは、怖い優しさだな」

そうして新居での一日目が終わる。

ベッドは用意できなかったので、みんな床で毛布をかぶって眠った。

硬い床はお世辞(せじ)にも寝心地がよいとは言えなかったけど、今日までの疲れがあった僕は、横になった途端死ぬように眠ってしまう。

眠ってすぐ、少しだけ夢を見た。

これまで何度も見てきた夢。

絶望の淵（ふち）にあった僕を救ってくれた一人の少女との思い出。

辛いとき、悲しいとき、彼女はいつも夢の中に現れた。

ほんの少しだけ言葉を交わし、僕は深い眠りに沈んでいく。

6　変換魔法

次の日の朝。朝食を済ませた僕たちは、屋敷の外へ出る。

見渡す限りの枯れた土地。土を見て、実際に触れてみれば、素人（しろうと）でも土が死んでしまっているのがわかる。

その証拠に、植物は一つも生えていない。

「この土は駄目じゃな。作物は疎（おろ）か、雑草すら育たんよ」

「う～ん、そうだよねぇ……」

珍しく早朝にユノが起きているのは、彼女にも協力してもらう必要があるから。

無理を言って起きてもらっているんだ。

領地開拓を進めるに当たって、この土地の現状は見過ごせない。

領民を増やすとか、建物を造るとか以前に、食料難で詰んでしまう。

「でもどうするの？　この土はもう復活しないんでしょ？」

「うん。そうだよ、ニーナ」

「じゃあ全部土を入れ替えるとか？」

「ニーナさん、それは無理ですよ。この広さなんですから」

サトラは周りを見渡しながらそう言った。

貰った領地は約十一平方キロメートル。

その九割が、目の前に広がっている荒野（こうや）なのだ。

建物は屋敷以外にはなく、資源もほとんどない。

来る途中に抜けた森の一部が、ギリギリ範囲内ではあるけど、木材もいずれは底をつくだろう。

何より食料がない。

衣食住、生活する上での最低条件を満たしていない。

「どうにかして、この土地を復活させられないかなー……」

ホロウはボソリと口にした。

それができたら苦労しないと、彼女もよくわかっている。

本人はただの愚痴（ぐち）のつもりだろうが、僕はそうは思わない。

「方法ならあるよ。この枯れた大地を復活させる方法が、一つだけある」

「「「「「えぇ⁉」」」」」

ソラとユノを除く五人が、まったく同じ反応を見せた。

続けてシーナが尋ねてくる。

「ウィル様！　今の話は本当なんですか？」

「本当だよ、シーナ。驚くのも無理ないけど、ちゃんと方法はあるんだよ」

僕がそう言うと、暗かった彼女たちの表情が少しずつ和（やわ）らいでいく。

どうやら希望を持つことができたようだ。

「ただし、これをするには条件がある。いや、条件じゃなくて約束かな。みんなに守ってほしい約束があるんだ」

「約束？　ウィル様のお願いなら、あたしたち絶対守るよ！」

ニーナが元気いっぱいな声でそう言った。

まだ約束の内容も言っていないのに、絶対なんて言えることがすごい。

信頼してくれていることが伝わってきて、嬉しいよ。

そう思って、僕は微笑んだ。

「じゃあ約束だ。これから僕がすること、説明したことは、僕たち以外には絶対に話さないこと。父上や母上、兄さんたちに聞かれても教えちゃ駄目だ。もちろん子供たちにもね」

子供たちは今、屋敷の中で遊んでいる。

これからすることを見られないように、僕らの姿が見える窓から遠い部屋にいる。

「それが約束できないなら、今すぐ屋敷へ戻ってほしい」

そう言いながら、僕は彼女たちの顔を確認した。

ぐるっと全員と目を合わせて、彼女たちの意思を確かめた。

僕が見つめても、誰一人目を逸らさなかった。

「うん、いないよねそんな人！　ならさっそく始めようか！」

彼女たちの信頼に後押しされるように、僕は意気揚々と踏み出した。

三歩進んで立ち止まり、一面の荒野を眺める。

さすがにこの広さ……相当きついだろうなぁ。

僕も気張らないと！

「いけるのか？」

隣に歩み寄ってきたユノが尋ねてきた。

僕は涼しい顔でこう答える。

「いけるよ！　昨日はしっかり寝たからね。準備も気力も万端だよ」

「なら良い」

僕たち二人のやりとりを、ソラを含めた六人が見ていた。

そして何かに気付いたホロウが質問する。

「もしかして、ユノさんはご存知なんですか？」

「うん。彼女だけじゃなくて、ソラも知っているよ」

みんなの視線がソラへ集まる。彼女は無言で頷いた。

それを確認して、視線が僕のほうへ戻る。

「内緒にしていてごめんね。でも、この力はあまり表に出したくなかったんだ。もし知られてしまえば、戦争が起こるかもしれないからね」

「せ、戦争？」

ホロウたち五人は息を呑んだ。

僕はもったいぶるようにゆっくりと、彼女たちを振り返る。

「これから僕は魔法を使う。魔法を使って、この大地を蘇らせる」

「魔法？　でも、ウィル様はっ――……」

ロトンは途中で口を噤んだ。代わりに僕が言う。

「そうだよ。僕に魔法は使えない――と、僕自身もそう思っていた」

五歳のときの検査で、魔法適性なしという現実を突きつけられた。

あの瞬間の絶望を、僕は今でもハッキリと覚えているよ。

「知ったのは十歳のときだ。ユノと出会って、彼女から教えてもらったんだよ」

僕が説明している最中、ユノは黙って頷いていた。

彼女と出会わなければ、僕は自分のこの力を今も知らないままだっただろう。

そういう意味では、彼女こそ僕の一番の恩人とも言える。

「変換魔法、って言ってもピンとこないよね？」

彼女たちは首を傾げ、キョトンとしている。

予想通りの反応だった。

「無理もないよ。僕だって知らなかったし、世界でも使える人がいないから、あの時の検査でもわからなかったんだからね。ユノが同じ系統の使い手じゃなければ、自分でも信じられなかったくらいだよ」

「同じ系統？　確かユノさんの魔法は……空間を生み出す魔法でしたよね？」

「正解だよ、ホロウ。そして分類上、彼女の魔法は神代魔法と呼ばれる」

ホロウたちが察する。

「ま、まさか！」

「うん、僕の変換魔法も同じ、神代魔法の一つなんだ」

みんな驚愕する。

僕は彼女たちに背を向け、荒野へ視線を戻す。

「変換魔法は、自分の魔力を別の何かに変えることができる。変換できる対象は、概念的なものの

一部を除けば何でもありだ。だからこうして――」

僕は地面に両膝をつき、両手を伸ばして地面につける。

「魔力を命に変えて、大地に注ぐこともできるんだ！」

そして僕は唱える。

「変換魔法――【魔力→命（マナ・トゥー・ライフ）】」

僕を中心に、七色に輝く魔法陣が広がっていく。

命を流し込まれた大地は、淡い緑色の光に包まれていく。

枯れてひび割れていた大地が、徐々に濃い土色へ変化していく様は、奇跡と表現するのが正しいかもしれない。

こうして一分間をかけて、枯れていた大地は命を取り戻した。


変換魔法を使える対象は多岐（たき）にわたる。

鉱物、植物、液体といった物質だけでなく、何かを動物や虫などの生き物に変換することも可能。

他にも炎や雷といった現象や、命のように形のないものにも変換できる。

一部の例外を除き、どんなものでも自由に生み出せる魔法だ。

ちなみに今さらな報告になるけど、昨晩の食料も変換魔法で生み出したものだった。

一度生み出したものは、僕自身が魔力へ変換しなおさない限り消えない。

逆に、自然界にあるものに、僕が直接触れれば、自分の魔力に変換できる。

強力な武器も、獰猛な魔物でも、僕は生み出せる。使い方次第では、簡単に人を殺めることが可能な魔法だ。

何でも自由に生み出せるということが、どれほど脅威なのかを想像すれば、自慢げにひけらかしたりはできなかった。

だからずっと、今日まで二人以外には教えなかったんだ。

「これで土地は復活したよ。ふぅ～」

僕は長く息を吐いてゆっくり尻餅をついた。

やっぱりこの面積を一度に蘇らせるのはきつかったな。

それでもできたのは、魔力量だけは貴族らしく多かったお陰か。

生まれて初めて、貴族らしいところがあって良かったと思うよ。

「だ、大丈夫なの？　ウィル様すっごく汗かいてるよ！」

ニーナが心配そうに僕を見つめている。

「大丈夫だよ。消費するのは魔力だけだから、基本的には普通の魔法と一緒だしね」

ただ変換する対象によって、消費される魔力量は大きく異なる。

大きさ、量、密度、希少価値……そういった複数の要素によって消費魔力は決まる。

今回は命という希少価値が高いものを、これだけ広い土地へ行き渡るように変換したんだ。

僕の魔力は半分以上なくなってしまったよ。

ニーナが興奮して声を上げる。

「ウィル様って、やっぱりすごい人だったんだね！」

「ニーナ、どうしたの？　急にそんなこと言って」

「だってほら！　こんなに広い場所を、あっという間に戻しちゃったんだよ？　こんなのウィル様以外にはできないよ！」

「まぁ、うん。そうだろうね」

「うんうん、ウィル様はきっと、世界に選ばれた勇者様だったんだね！」

「勇者ってそんな、僕には似合わないよ」

「そんなことありません」

「勇者様、すっごくぴったりだと思いますよ」

僕が照れながら否定すると、サトラとロトンがそう言った。

それに続けて、シーナが一歩前に出て言う。

「少なくともワタシたちにとって、ウィル様は英雄です。ウィル様に助けていただいたから、みんなここにいられるんですから」

彼女たちの視線が僕に暖かく注がれる。

僕は照れくさいやら、嬉しいやらで思わず顔を隠した。そしてクスッと小さく笑う。

僕の隣で微笑むソラとユノ。

ホロウは、そっと自分の胸に手を当てていた。

「さてと、そろそろ休憩は終わりだ」

僕はよいしょっと身体を起こした。

お尻についた泥を払って、息を吹き返した大地を眺める。

そんな僕を心配して、ソラが声をかけてくる。

「ウィル様、もう少し休まれたほうが……」

「ううん、まだ何も解決していないからね。土地が戻っても、肝心の資源がないんじゃ話にならない」

食料はもちろん、建物を作るための木材もない。

変換魔法を使えば生み出せるけど、僕の魔力は無限じゃないから限度がある。

今は大丈夫でも、いずれ必ず瓦解してしまう。

「種と肥料、あと道具は僕が作るよ。それから水だね。地下の水源だっていつ枯れるかわからないし、雨水を貯める場所を造ろうか」

「そのことなんじゃがのう、どうやら雨を待っても無駄なようじゃ」

「どうして？」

「この辺りは乾燥し過ぎておる。上を見てみろ、雲一つ見えんじゃろ？」

ユノに促されて、僕は空を見上げた。

空は快晴。清々しいほどに真っ青だった。

「ここに来る前に少し調べたんじゃが、この付近の気候は年に三回周期で切り替わっておる。この乾燥しきった気候は、少なくともあと一ヶ月半は続くのじゃ」

「一ヶ月半……そんなに待っていたら、せっかく蘇った土地が元に戻ってしまう」

そうか、だからこの土地は死んでいたのか。

ユノの説明を聞いて、僕はさっきまでこの場所が荒野となっていた理由を知った。

乾燥しきった状態が、毎年四ヶ月続く。

その間、まったく雨が降らなければ、せっかく芽を出した植物も枯れてしまう。だから十分に育たなかったんだ。

「だったら仕方がない。雲を作るしかないね」

「雲も作れるんだ！」

驚くニーナに頷き、軽く説明する。

「うん、雲っていうのは結局、水蒸気とチリの集合体なんだよ」

雲を生み出す条件は簡単だ。

まず水蒸気を生み出す。

生み出した水蒸気にチリを含ませ、空高く上昇させる。

すると、高さが増すほどに気温が下がり、空気の中にふくまれていた水蒸気が冷やされて、チリに集まって水や氷のつぶになる。

その水や氷のつぶの集合体が雲だ。

そして、水や氷のつぶが雲の中で成長し、やがて重みで下に落ちてくると雨になる。

前の屋敷から持って来た本にそう書いてあった。

「へぇ～、意外と簡単なんだね～」

「そう、簡単なんだよ。ただ、この方法で雲を生成し続けるには、僕がずっと水蒸気を生み出し続けないといけない」

それは体力的、魔力的にも不可能だ。

「そういうわけで、ユノ！」

僕は彼女に目を向けた。

ユノは、待ってましたと言わんばかりの顔をしている。

「水蒸気を生み出す魔道具とか、造れたりする？」

「それくらいなら可能じゃゃ」

「本当かい？」

「嘘は言わんよ。じゃが規模を考えると、研究室にある資源では足らんのう」

「その分は僕が補うよ」

「まぁそうじゃな。ならばさっそく取り掛かるとしよう」

「うん、よろしく！　あっ、それと追加注文なんだけど、植物の成長を早める魔法薬とかも頼める？」

「できるが手が足らん。要るなら主も手伝え」

「そうするよ。みんなにもそれぞれ仕事をお願いするからね！」

こうして僕たちの領地開拓計画が、本格的にスタートした。

7　領地開拓一日目

僕たちは各々(おのおの)の作業へ移る。

僕とユノは研究室へ入り、水蒸気を発生させる魔道具と、植物を急成長させる薬を開発する。

ソラたちのほうは、食料問題解決のために畑を作る班と、建築資材用の植林(しょくりん)エリアを作る班に分かれることになった。

畑のほうは子供たちにも協力してもらい、班分けはこんな感じになった。

畑班：ソラ、ニーナ、ホロウ、ロトン、子供たち
植林班：サトラ、シーナ

班分けが終わったら、それぞれ移動する。
先に活動を始めたのは植林班だった。
サトラとシーナの二人は植林エリアをどこにするか決めている。
「シーナさん、この辺りなんてどうですか？」
「いいですね！　ここにしましょうか」
二人が選んだのは、屋敷から三百メートルほど離れた場所。
どこと聞かれても説明しにくいけど、領土全体で見るならちょうど中央付近である。
植林エリアの位置は、今後建物を造っていく際に影響するだろう。
屋敷を街の中心にするなら、屋敷から遠過ぎても良くない。
切り出した資材を運ぶのに時間がかかるからね。
かといって近過ぎるのも良くない。
開拓が進んで周辺が街らしくなってきたら、いずれ邪魔になってしまうからだ。
そういう点を考慮して、二人は絶妙な場所を選んでくれた。
「さてと、後はどう植えるかですね」
サトラが地面に置かれた苗木(なえぎ)に目を向ける。
僕が用意した苗は全部で百本。木の種類は全て同じだ。
何種類か選ぼうとも考えたけど、結局一番建築に向いているとされる種類だけにした。

それをどういう配置で植えていくか、二人で考えている。

先にサトラが意見を口にする。

「普通に十列に十本ずつ植えていきますか？」

「それだと真ん中の木を伐り出し難くなりませんか？　五列くらいが丁度良い気がします」

「なるほど、確かにシーナさんの言う通りですね。じゃあ五列で二十本ずつ植えていきましょう」

「はい。向きは屋敷の反対側に広げていけばいいですよね？」

シーナが尋ねると、サトラが頷いた。

この二人は普段から論理的で、淡々と作業を進めていく。

苗木にも正しい植え方がある。

ただ穴を掘ってテキトーに植えればいいというわけではない。

一応それでも育つけど、最悪枯れてしまう可能性があるんだ。

まずスコップで土を掘る。

本来なら良質な土にするため、一週間ほど前からほぐしておくんだけど、今回はやらなくても大丈夫だ。僕が土地を復活させたことで、すでに栄養の多い土になっているからね。

穴の深さは苗木の直径の二倍くらい必要だ。そして掘ったときに、底の土もよーくほぐして置く。

次に苗木を植える。

植える前の穴に、底土を中盛りになるように入れ、その上にやさしく苗木を置く。

穴の底が凹んでいると、根鉢との間に隙間ができて、水が溜まったりして根腐れの原因になってしまうから気を付けよう。

苗木は麻布で包まれているけど、あれは腐って肥料になるから、そのまま埋めても問題ない。

今度は土を入れていく。

土を入れるたびに足で踏み固め、木の向きや、傾きがないかを確認しながら進めていく。

このときに深く植え過ぎないように注意する。

深くし過ぎると、これも根腐れや衰弱の原因になってしまうからだ。

最後に水ぎめという作業をする。

まず苗の周りを盛り上げ、水が周囲に逃げないようにダムを作る。

これをした後に屋敷から汲んできた水を流し込み、奥までちゃんと浸透するように、棒か何かを差しておく。

苗木が成長したら支柱を作る必要もあるけど、今のところはこれで完成だ。

この作業を百本分、二人だから一人五十本は植えなければならない。

気が遠くなる作業だが、二人は文句一つ口にせず、黙々と進める。

「シーナさん、間隔はどの程度空けましょうか？」

「五メートルくらいで良いと思います。この木はそこまで大きくなりませんし、成長しても横に広がることはないので」

「わかりました。それにしても、シーナさんが植物のことに詳しくて助かりました」

「ワタシたちエルフは森と共に生きてきた種族ですからね。ワタシも村にいた頃は、いろんな勉強をしましたよ」

「へぇー、私の故郷は海だったので、植物についてはさっぱりです」

二人はときに他愛もない会話に花を咲かせ、ときに黙々と作業を続けた。

エルフとセイレーン。

森で育った種族と、海で育った種族。

本来なら交わらない二つの種族が、こうして仲良く苗木を植えている。

こんな光景が見られるのは、きっと世界中でここだけなんだろう。

本当はこういう輪がもっと広がってほしいと、僕はいつも願っている。


畑作りを担当するソラたちも動き出した。

畑の場所は、屋敷のすぐ左側を丸々使うことに。

本来なら外敵から守るために柵(さく)などで囲うのだが、こんな場所に畑を狙うような生き物はいないので、今回は必要なさそうだ。

畑作りでは種を蒔(ま)く前に、まずしっかりと土をほぐしておくことが大切だ。

そういうわけで、畑に使う場所の土を耕(たがや)すことになったのだが……。

「えいしょっ、えいしょっ、えい……っ、疲れる……」

早々にニーナが音を上げた。

またサボっているのかと叱りたいところだけど、他のみんなも手が止まりかけている。

無理もない。

畑を耕す作業は、畑作りで一番大変で、一番楽しくない作業とも言えるから。

もちろん人によって感じ方はそれぞれだし、もしかすると身体を動かせて楽しい、という人もいるかもしれない。

ただ、ずっと同じようにクワを振り降ろしているだけなので、疲れる以前に飽きるのだろう。

ちなみに想定している畑の大きさは、現在の人数を養えて、管理がギリギリ可能な広さを考慮してソラが決めてくれたそうだ。

畑をぐるりと見回したニーナは、ソラに訴える。

「ソラちゃ～ん、これって広過ぎない～？」

「これくらいないと、皆さんを満足させるだけの量が作れません。それに今後増えるかもしれないんですよ？」

「あー、そうだよねぇ～」

「そうですよ。なので文句を言っていないで働いてください」

「うぇ～ん、ソラちゃん厳しいよぉ～」

「厳しくありませんよ。ほら、子供たちだって頑張っているんです。私たちが頑張らないでどうするんですか」

ニーナは子供たちに目を向けた。

小さな身体でクワやスコップを持ち、せっせと土を掘り起こしている。

子供だから力はないし、体力だってニーナたちよりずっと少ない。

それでも文句一つ言わず、汗を流しながら耕している姿を見て、ニーナも自分を奮い立たせた。

「うん、そうだよね！　あたしたちが頑張らなきゃ駄目だよね！　よーし張り切っていくぞぉー!!」

豪快にクワを振り下ろす。

彼女たちの様子を見届けて、僕はユノとの作業へ向かった。

その後、最初で一番地味な作業は、日が沈む前まで続いた。

夜になり、それぞれの作業を終えた僕たちは、一旦集まることにした。

玄関を入ってすぐの広間に集合だ。

「みんなお疲れさまぁ……だね」

外で作業をしていた彼女たちは、もれなく全員泥だらけだった。服も肌も土で汚れている。

それらは全部、一生懸命働いてくれた証拠だ。

そして相当疲れているのだろう。

一目でわかるくらいヘトヘトのようだった。

子供たちなんて、気を抜けば今すぐにでも眠ってしまいそうなくらい。

「お腹も減っているだろうけど、その前にお風呂だね」

僕とユノ以外のみんなを、一階奥にある大浴場へ向かわせた。

†

大浴場は昨日のうちに掃除を済ませ、いつでも入れる状態になっている。

疲れた身体を癒すには、やはり風呂が一番だろう。

「わーい！　お風呂だー！」

子供たちは生まれて初めての大きな風呂にはしゃいでいる。

走り回り、湯船に飛び込む腕白(わんぱく)さを見せる。

さっきまで疲れて眠ってしまいそうだったのに、子供はこういうところで意外に元気になるものだ。

「こらっ！　湯船に入る前にちゃんと身体を洗わなきゃ駄目よ？　それと危ないから、お風呂場では走らないでね？」

サトラが少しきつめに注意した。

優しい彼女も、危ないことをすると真剣に叱る。

「ニーナさん、あなたもよ？」

「うっ……ごめんなさい」

しれっと子供に混ざっていたニーナも怒られた。

お風呂場に小さな笑い声が響く。

風呂場は音がよく響くから、小さな声でも大きく聞こえる。

その笑い声は他の子たちにも聞こえて、大きく楽しそうな笑い声に変わっていく。

†

一方その頃、僕は一人でキッチンにいた。

頑張ってくれた彼女たちのために、今日は僕が料理をしようと思っている。

ただあんまり腕に自信はない。手伝いこそしてきたけど、自分一人で作ったことなんてないし。

ユノは魔道具作りを進めるために研究室へ戻っちゃったしなぁ。

「どうしたものかぁ」

「私が作りますので、ウィル様は手伝ってもらえますか？」

「あーうん、そうだね。それがいい……ってソラ⁉」

いつの間にか、ソラが僕の後ろに立っていた。

考え込んでいて気付かず、のけぞってしまうくらい驚いた。

「そんなに驚かなくても……」

「な、なんでここに？　お風呂は？」

「入ってきましたよ？　ちゃんと綺麗です」

彼女はさも当然のように答える。

「いや、でも他のみんなは？」

「まだ入っていると思います。皆さん疲れていましたから、じっくり癒されていることでしょうね」

「『皆さん』って、疲れているのはソラもでしょ？　ここは僕がやるから、ソラも身体を休めて！

無理しちゃ駄目だよ」

「却下します」

「えぇ……」

今日のソラはいつになく強気だった。

「大体、無理をしている人に、無理するなと言われたくありませんよ」

「うっ……それはそうだけど」

痛いところを突いてくる幼馴染だった。

「ウィル様はここ数日、睡眠もほとんどとらずに頑張っておられるじゃないですか？　だったら私にも頑張らせてください」

「ソラ……」

僕がその心意気に感じ入っていると、彼女は意味ありげにこちらを見た。

「ただ、そうですね……。疲れているのは事実です。ですので一つ、我がままを言っても良いでしょうか？」

「もちろんいいよ！　僕にできることなら何でも言って！」

「そうですか。では、お言葉に甘えて――」

えっ――

ソラは僕の胸に飛び込んできた。

そっと身体を近づけ、寄り添ってくる。

「ソ、ソラ？」

「少しこのまま……」

ソラは甘えるように可愛らしい声でそう言った。

僕はビックリして呆気にとられてしまったけど、彼女の愛らしさに触れて、抱きしめずにはいられなかった。

「ありがとうございます」

「これくらいなら、いつだって歓迎だよ」

僕たちは互いの熱を感じながら、その苦労を労(ねぎら)いあった。

それから二人で夕食の準備をして、食べ終えたらすぐに眠りについた。

領地開拓一日目——終了。

8　水を手に入れろ！

領地開拓二日目の朝を迎えた。

昨日一日布団を干していたので、ふかふかのベッドで気持ち良く眠ることができた。

乾燥しきっているこの気候にも、多少は良いことがあるみたいだ。

さてさて、今日も僕たちはそれぞれの役割をこなす。

耕すだけで一日が終わってしまったソラたちは、今日から本格的に種を蒔いていく。

しかしその前に、何を植えるかを決める話し合いをすることになった。

その話し合いには僕も参加していて——

「とりあえず、小麦は欠かせないよね」

僕が意見を言うと、それに対してみんなが頷く。

畑で栽培する作物を選ぶにあたって、考えるべき点は大きく四つある。

一つは、その作物にどれだけ使い道があるか。これが一番大切かもしれない。

美味しいから、という安直な理由では育てられない。いくら美味しくても、汎用性が低ければ今の状況には不向きなのだ。

そして二つ目は、収穫の時期だ。

この地域には三つの気候があって、四ヶ月周期でローテーションしているらしい。

育ちやすさはもちろん、植えてからいつ収穫できるかは重要だ。

一応僕のほうで成長促進薬を作っているけど、あまりに時間がかかる作物は適さない。

三つ目は栽培のしやすさ。

僕たちは農家じゃない。作物を育てる知識をちょっと持っているだけの素人だ。管理が難しく、手間がかかる作物なんて育てる余裕はない。

最後の四つ目。

これは正直難しいけど、作物に含まれる栄養だ。

作物によって含まれるものは異なっている。

例えばたんぱく質が不足すると、身体の水分を外に出せなくなって浮腫んだりするし、ビタミンが不足すればホルモンバランスに影響が出てしまう。

食事は生きていくために不可欠な上に、何を食べるか、も重要なのだ。

これらの条件を考慮すると、僕が挙げた小麦は最有力の候補だ。

小麦ほど汎用性の高い穀物は他にない。

そして、調べたところによると、一般的に小麦は約半年程度で収穫できるらしい。

栽培の難易度も、本で見た感じではそこまで高そうでもなかった。

「なら大麦も一緒に育てませんか？　あれもたくさん利用方法がありますよ」

「大麦かぁ、うん、確かにそうだね」

ソラの意見に僕は賛成した。

大麦はお米の代わりになるし、お茶を入れたり、麦藁にも使い道がたくさんある。

栽培方法も小麦と同じ感じみたいだから丁度良い。

「あとはそうだなぁ……人参とかの根菜類に、あと芋だな！　あれも使い道がたくさんある」

「そうですね。本当は果物もほしいところですが、今回は見送りましょう」

「仕方がないね……というか、さっきから僕とソラしか話してないけど、みんなは育てたいものとかないの？」

「はいはーい！」

僕が尋ねると、ニーナが元気いっぱいに手を挙げた。

「はい、ニーナ」

「あたしはピーマンが嫌いなので、絶対に植えないでください！」

「えぇ……そっちの意見？　駄目だよ、好き嫌いしちゃ」

「だってぇ……苦いんだもん」

ニーナは子供みたいな理由を口にした。

それに乗っかるように、今度はロトンが手を挙げる。

「じゃ、じゃあボクも、そのぉー……ナスは苦手なのでちょっと……」

「ロトン……君もなのか」

植えたい物を聞いたのに、嫌いな食べ物を挙げる二人に、僕は呆れてしまう。

「ソラ」

「はい」

「ピーマンとナスも追加しよう」

「それが良いと思います」

「「えぇ!!」」

ニーナとロトンの声が重なって響いた。

「えぇ！じゃありません！　子供たちもいるんだから、ちゃんと食べれるようにしないと駄目だよ」

「うぅ……ウィル様のイジワルゥ……」

ニーナはいじけて言った。

ロトンも似たような表情をしている。

「他にはある？　一応言っておくけど、何が嫌いとかはなしでよろしくね」

「はい！」

「シーナ」

「作物とは違うのですが、綿を栽培するのはどうでしょう？　あれも重宝すると思います」

「あー確かに！　綿はこれから必要になるね」

よしよし、やっとまともな意見が出てきた。

布団の綿だっていずれは交換しないといけないし、毛布とかも新しく作れる。

魅力的な案だと思った。

「ただ食べ物じゃないから、畑とは別に栽培する所を作ろうか」

「そうですね。植林エリアの近くが良いでしょうか」

「その辺りの判断は君たちに任せるよ。あとはないかな？」

僕はみんなの顔を見回した。

どうやらこれ以上の意見は出ないようだ。

「それじゃ、さっそく作業に戻ろう。僕のほうも、可能なら今日中に完成させるよ。間に合えばそっちに持って行くからね」

そう言って僕は研究室へ、ソラたちは畑へと戻った。

†

ソラは子供たちにも声をかけ、ウィルの用意した種を植えていく。

植え方については、事前に持って来た本から調べあげた。

土地を耕す作業に比べて楽だったせいか、夕刻を迎える前に種を植え終えた。

「終わりましたね」

「でも普通に待ってたら半年はかかるんですよね？」

ホロウの質問に、ソラが頷いて答える。

「はい。ですからお二人が水と薬を作られていて――」

話しながら、ソラは屋敷のほうへ目を向けた。

完成したら持って行く。

ウィルがそう言っていたことを思い出す。

「少しお二人の様子を見てきますね」

ソラは屋敷へと戻る。

地下室へと続く扉は、別荘と同じ場所に設置した。

ユノが作った扉を開けると、これまで何度も見てきた階段がある。

怪しげな雰囲気は変わらないのに少しほっとしてしまうのは、まだこの屋敷に慣れていないからだろう。

ソラは研究室の扉の前まで行き、トントンとノックする。

「ソラです。入りますよ」

断ってから扉を開ける。

「これは……また随分と散らかしましたね」

部屋は資材やら何やらでごった返していた。

床にも色々転がっているから足の踏み場もない。

ソラは扉を開けたまま立ち止まり、二人の姿を確認する。

ユノは奥の装置前で作業中で、ウィルは机に向かっていた。

†

「ウィル様」

ソラの声がして、僕は入り口に目を向けた。

「ん、ソラ？　どうしたの？」

「種植えが終わったので、こちらの様子を見に来ました」

「そうなんだ。お疲れさま」

「ありがとうございます。ウィル様のほうはどうですか？」

「うん、僕のはもう完成しているよ」

僕の作業机には、小瓶に入った白く光る粉が置いてある。

これが植物の成長を加速させる魔法薬だ。

作り方を調べていたら、案外簡単に見つけることができた。

材料は魔力結晶と呼ばれる特殊な鉱石と、数種類の薬草、動物の骨を砕いた粉だ。

魔力結晶は、空気や光を吸収し、それを魔力に変換して蓄えることができる。

結晶の純度が吸収速度に、大きさが吸収容量にそれぞれ関係する。

この魔力結晶を砕き、他の材料と水を混ぜ合わせるだけで、成長促進薬は簡単に完成した。

「よっ、ほっと！」

僕は小瓶を手に取り、足元に転がった物を踏まないように跳んで、ソラの前まで移動した。

小瓶を彼女に手渡す。

「はいこれ」

「これを土にかければいいのですか？」

「うん。かける量が多いほど、成長スピードが上がるんだ」

「だったら、たくさんかけたほうが良さそうですね」

「んーっと、そういうわけでもないらしいんだよね」

作成方法が記されていた資料に、使用上の注意点も丁寧に書いてあった。

そこを読むと、成長速度がある一定ラインを超えると、種や実が生る前に枯れてしまうらしい。

作成者の研究によれば、限度は六、七倍だという話だった。

「それでも十分ではないですか。小麦が一ヶ月で収穫できれば」

「うん、僕もそう思うよ。偉大な先駆者がいたお陰で助けられた。ただ、かける量は植物の種類と、畑の広さに合わせて調整が必要らしいんだよ。だから一度、畑の広さを測ってから計算しないとね」

「なるほど、でしたらそちらを進めておきますね」

「よろしく頼むよ。まぁどっちにしろ、あれが完成しないと話にならないんだけどね」

僕は視線をユノへ向ける。

それを追うようにソラもユノを見た。

彼女は今、黙々と水蒸気を生み出す魔道具を作成中だ。

「僕も途中まで手伝ってたんだけど、ユノにしかわからない部分が多くて、あんまり役に立てなかったよ」

「そうなのですか」

僕たちはユノの様子を眺めていた。

いつになく真剣に作業する姿は、声をかける隙すらない。

「あの様子だと、今は声をかけないほうが良さそうですね」

「だね。僕もそう思って、なるべく邪魔しないようにしてたんだ」

本当は手伝ってあげたいんだけど、自分の知識不足が恨めしい。

「今どの程度まで完成しているのか、できれば聞いておきたかったのですが……」

「あーそれは僕にもわかんないかな。ただ彼女が言うには、今作ってる核になる部分さえできれば、あとは外装を作るだけらしいよ。それなら僕の魔法でどうにかできるんだけど」

変換魔法は便利だけど万能ではない。

僕が構造や理論を理解していない物には変換できないんだ。

だから複雑な装置とか、未知の物質は生み出せない。

僕に神代の知識があれば良かったんだけど、以前に彼女から講義されたとき、「これはたぶん一生かけても理解できないな」と感じてしまって断念した過去がある。

「とにかく、これぱっかりはユノに任せるしかない。僕たちは僕たちにできることをやろう」

「はい」

それから僕たちは、装置の完成を待ちつつ進められることに取り組んだ。

毎日畑に水をやり、綿を植える場所を新しく作ったり、先行して装置の外装を作ったりもした。

装置の外装は、ユノから煙突のような物があれば良いと言われていたので、その通りに作った。

見た目は大きい暖炉(だんろ)みたいな感じかな。

細かい調整は、ユノが作ってくれている核が完成してからにしよう。


そして三日後——

「ふぁ〜。やっと終わったのじゃー」

研究室で背伸びをするユノ。

僕は彼女の傍らで声をかける。

「本当にお疲れさま。あとは僕に任せて、ゆっくり休んで」

「いいや、ちゃんと起動するか見届けるぞ。もし駄目なら修正しないといけないからのう」

「わかった。じゃあ行こうか」

僕はふらふらなユノを支えながら、完成したソレを持って地上へ出た。

予(あらかじ)め用意しておいた外装が、屋敷の庭にずしっと設置してある。

「外見ってこれでいい？」

「うむぅ、まぁ良いんじゃないか？」

ユノは寝落ちしかかっていた。

これは早く進めたほうが良さそうだな。

「これが核なんですか？」

「そうらしぃね」

「思っていたより小さいですね」

僕が左手に持っている核を、ロトンが色んな角度から観察している。

大きさは手のひらに乗るサイズで、見た目は透明なガラスの立方体に、紫とピンクの棘々(とげとげ)した鉱石が入っている。

「回路を繋げるぞぉ……ウィルー、ちょっと手伝え～」

「うん」

僕はユノの指示に従い、核と外装を繋げた。

そして完璧に接続された瞬間、核が鈍く光を放ち始める。

金属がこすれるような音が小さく聞こえてきて、筒状の先から蒸気が立ち上っているのがわかった。

「ユノ！」

「うむ、成功じゃのう……じゃ、おやすみぃー」

それを見届けたユノは倒れるように眠った。

僕は彼女を抱きかかえ、微笑みながらやさしく言う。

「ゆっくり休んでね、ユノ」

こうして、水蒸気発生装置が完成した。

ユノが三徹して作ってくれた水蒸気発生装置のお陰で雲を生み出すことに成功した。

そこから雨を降らせるには、もう少し待たないといけなかったけど、ちゃんと雨も降ってきた。

雨によって土が水分を吸収する。

これなら促進薬を使えると思い、予め計算しておいた量を撒いた。

促進薬といっても、撒いた途端成長するわけじゃない。

これから一ヶ月ほどかけて、最初の麦が収穫できるだろう。

普通の肥料ともあわせれば、もう少し早く収穫時期を迎えるかもしれない。


領地開拓十日目——

僕たちは屋敷の前に集合している。

数日経過したことで、畑の作物は若干成長した。

ただ、それを確認するために集まっているわけじゃない。

「水源を見つけて井戸を作ろうと思うんだ」

僕がみんなに提案した。

するとニーナがピンと手を挙げる。

「はい！　質問があります！」

「何かな？」

「水なら屋敷で汲めるのに、どうして新しく井戸を作るんですか？」

「さぁどうしてだろうね？　ホロウはわかるかな？」

突然話を振られてホロウは戸惑う。

「えっ、私ですか？　えっと、今は良くても……いつかなくなっちゃうかもしれないから？」

「うん、正解だね。地下水源だって無限にあるわけじゃないんだ。いずれ枯れてしまえばそれまで」

「あぁ～、なるほどね～」

ニーナはうんうんと頷きながら聞いていた。

彼女があんな聞き方をしているときは、大抵半分も聞いていない。

「理由はもう一つある。それは距離だ」

今は屋敷にしか水が通っていないから、遠くの場所に水を運ぶだけで一苦労。

装置のお陰で雨を降らせられるから、一応大きな穴を掘って雨水を貯める池を作ったけど、雨水はお世辞(せじ)にも綺麗とは言えない。

これから家を建てたり、畑を広げたりしていくなら、領地全域に行き渡るような水路を作るべきだと考えた。

そのための準備として、まずは新しい地下水源を見つける必要がある。

「というわけで、また力を貸してもらえるかい？」

僕が尋ねた相手は、三日徹夜してさっきまでずっと寝ていたユノだ。

寝過ぎて逆に身体がダルイと言っていたな。

「別に良いが、この広さは疲れるのう……」

「ごめんね、頼りっぱなしで。もしキツイなら何回かに分ける？」

「それこそ面倒じゃ。やるなら一回で済ませたい。うんしょっと」

ユノは地面にちょこんと座った。

そして両目を閉じ、感覚を地下へ集中させる。

彼女は自分を中心とした半径十キロの空間を細かく感じとることができる。

空間魔法の副次効果らしいが、遠くを感じとる場合は、こうしてじっと意識を集中させる必要があるみたいだ。さらに時間もかかる。

約七分が経過し、ユノが閉じていた目をゆっくりと開く。

「見つかったかい？」

「うむ。主よ、この周辺の地図はあるか？」

「持ってるよ。あとペンもいるでしょ？」

「ふっ、よくわかっておるのう。ほれ、貸してみろ」

僕は地図とペンを彼女に渡す。

彼女は地図を広げ、ペンで印をうっていく。

うち終えると、その二つを返してきた。

「全部で七ヶ所じゃ。そこを掘り進めれば見つかるぞ」

「ありがとう！　助かるよ、それで――」

「言わんでもわかるわ。掘る装置と、水を引き上げる装置を作れば良いんじゃろ？」

「話が早くて助かるよ。僕でも手伝えそうかな？」

「あれよりは簡単じゃ。人手は多いほうが速いぞ」

「だったら全員で手伝うよ。みんなもそれでいいよね？」

ソラたちは頷いてくれる。

それから僕たちは、研究室で二つの装置作成に取り組んだ。

前回同様、核となる部分の作成はユノがメインで行う。

それ以外の部分――井戸のデザインとか、水路をどういう風に引くか、将来的にどういう街にしていきたいか――は、僕たちで決めていった。

実際に取り組んでみると、細かい作業がとても多い。

こういう作業が苦手なニーナには、子供たちの面倒を見てもらうことにした。

さすがに数日も放置するわけにはいかないからね。

そこは適材適所でいくことにした。

「やったぁー！　あたしだけサボれるー！」

と喜んでいたときには、ちょっときつめに叱っておいた。

さすがに反省したようだけど、たぶんいつも通り三日もすれば忘れるだろうな。

ソラからは、言うだけ無駄ですよ、なんて言われたりもしたし。

やれやれ、楽観的過ぎるのも考えものだ。

そんなこんなで作業は進み、作成開始から二日後の昼、二種類の道具が完成した。

さっそく使ってみることにして、僕らは予定の場所に向かう。

「これを投げればいいんだよね？」

「そうじゃ」

「じゃーほいっ！」

ユノから渡された青く光る球体を投げる。

地面に当たった直後、三メートルほどの範囲が抉れた。

「おおー、すごいねこれ」

今投げたのは穴掘り用の道具だ。

手のひらサイズの球体で、一定の衝撃を受けた直後に、球体を中心とした半径三メートルの範囲の空間を抉り取る。これを投げ続けて、水源まで掘り進めていくのだ。

一歩間違えば殺人アイテムになる。

投げるときは周りをよく見て、コントロールに自信のある人だけに使わせよう。

水源まで掘り進めたら、今度はもう一つの装置の出番だ。

水蒸気発生装置同様、外装は僕の能力で作った。

見た目は金属でできたタンクに、水の出る蛇口とレバーが付いている。

これにユノが作った核を繋げば、自動的に水を吸い上げてくれるらしい。

レバーを引けば水が出て、レバーの角度で勢いをある程度調整できる。

これを全部で七ヶ所、設置して回る。

領地開拓十二日目は、水源の確保で終わった。

9 牧場と発電所

領地開拓十三日目。

水源を新たに獲得し、ポンプを設置した僕たちは、予め決めておいたラインに水路を繋ぐことにした。

この領地が一つの街になったときの完成予想図は、道具を作成しているときに一緒に考えてある。

ただ、繋げるのは屋敷に一番近い水源ポンプだけだ。

全部一気に作ってしまうと、後から修正が必要になったとき手間になってしまうから。

ちょうど畑や植林エリアにも水を引きたいと思っていたし、それについては解決した。

同じ日の午後。

僕たちは食堂で昼食をとりながら話し合う。

「だいぶ色々揃ってきたけど、今の時点で足りない物って何かな？」

僕は彼女たちに質問した。

最初に手を挙げたのは、シーナだった。

「住居でしょうか？　いずれ領民を迎えるにあたって必要になってくると思います」

「う～ん、住居かー。僕もそれは考えていたんだけど、今はまだ急いで造らなくてもいいかなって思うんだよね」

「どうしてです？」

「無理に造っても、僕たちだけじゃ管理が行き届かないでしょ？　それにさ、これは単に気持ちの問題なんだろうけど」

「気持ち？」

「うん、住む人の気持ち。家は一番落ち着く場所であってほしいから、可能なら住む人の要望を聞いてから造りたいなーって」

新しく造る家で暮らすのは僕たちじゃない。

合わない家で暮らしていくのはストレスになる。

それとは別に、人手の問題もある。現状ではほとんどが子供で、女手のほうが多い。建築作業は力仕事だ。ただでさえ疲れるのに、見切り発車で家まで造る必要はない。

そう僕は判断した。

「駄目かな？」

「いいえ、ウィル様らしい素敵な理由だと思います」

「そ、そっか」

僕らしいかはさて置き、シーナも納得してくれたらしい。

ただまぁ、急に人が増えたときに備えて、仮宿くらいは造っておいても良さそうだな。

簡単な建造物なら、僕の変換魔法でも生み出せる。

一方、複雑な構造を持つとか、規模が極端に大きくなると、その構造全てを把握していなければ造れない。

仮に造れたとしても、穴だらけの建築物になるだけだ。

簡単な平屋(ひらや)くらいなら、今の僕の知識でもどうにかできそうだな。

「他にはあるかい？」

少し待って、今度はサトラが「はい」と声を上げる。

「今後に備えて、というのなら大規模な魔力供給装置が必要かなと思います」

「あーそうかも！　この屋敷に併設してるのって小さいから、頑張っても屋敷周辺くらいしか賄えないもんね」

魔力供給装置というのは、魔力を生成、蓄積して他の場所へ供給する装置のこと。

主となる材料は魔力結晶で、最高ランクの純度の結晶が用いられる。

生活設備の大半は、魔力を熱エネルギーや電力に変換して使用しているから、ないと生活できない。

「う〜ん、領土の広さを考えると相当大きな装置が必要になるよね〜」

大体の予想だと、この屋敷の三分の一くらいの面積を使って、三階建てくらいの高さが必要になるかな。

「さすがに僕でも、そこまで巨大で高純度の魔力結晶は作れないなぁ」

「ならばいっそ、魔力以外の発電設備と組み合わせるのはどうじゃ？」

「ユノ？　起きてたの？」

食堂の扉がガチャリと開いて、大きな欠伸をしながらユノが入ってきた。

この時間は寝ているはずなのに珍しい。

「まぁのう。最近生活リズムが不規則じゃったから、こんな時間でも目が覚めてしまうようになったわ」

「あー、そういうこと……ごめんね」

「謝るなよ、ワシのセリフが嫌味に聞こえるじゃろ。それよりどうじゃ？　さっきのワシの案は」

「うん、良いと思う。そのほうが効率的だし、複数組み合わせておけば、一つ駄目になっても止まることはないしね」

発電システムは魔力によるものが一番速く、そして多くの電力を生み出せる。

だから近年は魔力結晶を用いた装置が主流になった。

しかし、高純度で大きな結晶は多くないので、小さな国や街では、未だに他の発電システムを用いている。

「何発電がいいのかな」

「それは調べんと何とも言えんのう」

「じゃあまた後で一緒に調べよう」

「うむ」

さて、そろそろみんなも食べ終わる頃合だ。

良い意見も出たことだし、話し合いはこれくらいにしようかな？

そう思っていると、ニーナが突然立ち上がった。

「ニーナ？」

「ウィル様、みんな！　大切なことを忘れていると思うの！」

「大切なこと？」

「そうだよ！　これからぜーったいに必要な物！　忘れちゃってるよ！」

いつになく真剣な顔をしている。

これは聞く側も真面目に聞かなくては、と背筋を伸ばした。

そして彼女は、大きく息を吸い込んで言い放つ。

「お肉がないよ!!」

「えぇー」

身構え損だった。

「えぇーじゃないよ！　見てよこれ！　お昼だって野菜ばっかりだよ!?　牛さんも豚さんも鳥さんもいないんだよ！」

「ま、まぁそうだね。つまりニーナは、牧場か何かを作ったほうがいいという……」

「そうだよ！」

ニーナは食い気味に肯定した。

やれやれ、やっぱり彼女はいつも通りだったね。

しかしまぁ、あながち間違った意見というわけでもない。肉は貴重なタンパク源だ。不足すれば身体のバランスを崩すかもしれない。彼女の脳内は食欲でいっぱいなだけだろうけど……。

「わかったよ。じゃあ作ろうか」

「やったー！」

昼食後、僕たちは屋敷の裏手に集まっていた。

何から取り掛かろうか、という話になった際、ニーナがあまりにも「肉、肉」と言うので、先にそっちを作ることになったんだ。

まぁ急いで作ったところで、そんなにすぐ家畜を繁殖させられるわけじゃないのだけど。

たぶん、ニーナはその辺りを考えていなさそうだな。

「規模はどのくらいにしよう」

「最初は小さくて良いのではないですか？　どの道、あまり数は増やせませんよね？」

「そうなんだよね。建物ならまだマシだけど、生物を魔法で誕生させるには必要な魔力が多い。誕生させられても数匹だけかな」

その辺りの事情をソラは理解していた。

数種類を飼育するなら、日にちを分けて誕生させる必要があるんだ。

あとは建物だけど、それは資料にあった養豚場を参考にしよう。

簡単な建造物なら変換魔法で何とかできる。

それと、飼育に必要な餌に、藁も必要かな。

この辺りの資材は、最初だけ魔法で作ってしまえば代えが利きそうだ。

「ウィル様ウィル様！　何から育てる？」

ニーナが尋ねてきた。

「う～ん……先にニワトリかな？　卵は使い道があるし、小さいから牛や豚より数が稼げる」

「次は、次は？」

「次？　えーっと、牛と豚、それから羊かな」

「羊も？」

「うん、毛皮がほしいなと思って」

あと一ヶ月半もすれば、この地域は気温が一気に下がるらしい。

それまでに子供たち用の衣類とか、寒さを凌げる毛布とかは作っておきたい。

「なるほどぉ～。じゃあウィル様、よろしくね！」

「はいはい、わかったよ。それじゃニーナにも仕事を頼んで良いかな？」

「あたしにできることなら！」

「もちろんできるよ。ここまで水路を繋げてほしいんだ。道具と資材は準備しておくから、他のみんなと協力してやってほしい」

「おまかせあれ!!　ほらみんな、いっくよー！」

いつになく張り切っているニーナ。

他のみんなを強引にリードして、屋敷の表側へ走り去っていった。

「ははは、元気だな～」

これもお肉パワーなのかな。

効果が切れないうちに、色々と仕事を頼んでおくといいかも。

いつも通りならたぶん、あと三日くらいで戻っちゃうだろうし。

「さてと、僕も調べに行こうかな」

そう呟きながら、屋敷の二階にある書庫へ向かった。

身の丈の二倍以上ある本棚が、ここにはたくさん並んでいる。

本棚に入っている本は、ほとんどが元からこの屋敷に保管されていた物だ。正直あまり良い保存状態ではなかったけど、読み解く分には問題なさそうだった。

そこから動物の飼育、その環境について記された本を探し、手に取る。

本の内容を参考にしつつ、紙に飼育場の完成予想図を書いていく。

この作業をしておくと、変換魔法を発動させた際、より正確に再現できる。

「よし、こんなところで良いかな」

書き終えると裏手に戻り、変換魔法を発動させる。

家畜や飼育場の他に必要な物も一緒に作った。

最後にニワトリだけど、今日の残り魔力を考えたら、頑張っても十羽が限界だな。

今魔力を使い切ると疲れで動けなくなるから、ニワトリを誕生させるのは夕方以降にしよう。

僕が飼育場を造っている間に、ニーナたちは一番近い給水ポンプから水路を繋げる作業をしていた。

ポンプの足元には、溜まった水が流れていくようにすでに窪みが掘ってある。

そこから十五センチくらいの深さで道を掘り、裏手まで繋げる。

掘った道にコの字型のブロックをはめ込み、隙間のないようにくっつける。

あとは一度、しっかり水が流れていくか確認したら、足を溝に挟まないように石のブロックで蓋をしてしまう。

これで用水路は完成だ。

ちなみに畑と植林エリアにも繋げてある。

そして夕方になってニワトリを誕生させた。

次の日の同時刻に牛を、さらに次の日には豚を誕生させ、三日後に羊も追加して飼育場はひとまず完成した。

最終的には、ニワトリが十一羽、牛が五頭、豚が七匹、羊が六匹という内訳になった。

あとは必要ならまた追加していく予定だ。

飼育場が完成したと知らせると、ニーナはとても喜んでいた。

これでたくさんお肉が食べられる！なんてはしゃいでいたけど、ソラに――

「数が増えるまで食べられませんよ？」

という現実を教えられ、酷くショックを受けていた。

あんまり落ち込むので、僕も少し申し訳ない気持ちになったよ。


そして次の日――

領地開拓十七日目。

今日からは案として上がった残りの二つに取り掛かる。

朝食の場で話し合った結果、先に仮宿を造ることになった。完成予想図に関しては、すでに先行して用意してもらっている。

頼んだのは、この中で一番絵心のあるシーナだ。

彼女にはソラとサトラと一緒に、三十人程度が暮らせる平屋を考えてもらった。

建設予定場所は屋敷の右側、畑とは反対だ。

「ウィル様、お受け取りください」

「うん、ありがとうシーナ」

僕は彼女から完成図を受け取った。

六畳間（じょうま）が十部屋ある平屋。

うん、これくらいなら丁度良い広さだね。

あとはこれを三つ並べればいいのか。

「大丈夫そうですか？」

「うん、バッチリだよ！　さっそく造るからみんなは離れていてね。それと、水を繋げるためのパイプを用意しておいてもらえると助かるよ」

「わかりました。準備してきます」

「うん、よろしくね」

仮宿へは用水路ではなく、パイプで水を繋ぐ。いつか取り壊すことを考えると、その方が都合がいいからだ。

それから一日半かけて、仮宿を生活できるように整えた。


領地開拓十九日目。

最後の案、発電施設の建造を開始することに。

実はすでに、ユノには準備を進めてもらっていた。

僕たちが飼育場やら仮宿やらをせっせと建造している間に、ユノはユノで頑張ってくれていた。

というより……

「頑張り過ぎだよ……」

「主には言われとうないわ」

「いやいや、僕は準備程度でいいよって言ったのに……まさか七割以上完成しちゃってるなんて」

今日の朝、僕が研究室を訪ねてみると、ユノが作業をしている最中だった。

どのくらい進んだのか尋ねると、魔力供給装置に用いる核はもう七割も完成しているらしい。

僕の予定では素材とか設計図は準備できた、くらいのつもりだったんだけど。

「主よ、言っておくが核はあくまでも核じゃ。肝心の魔力結晶は主が変換魔法で生み出さないとならんし、外装も主頼りなんじゃぞ？　それに造るのはこれだけじゃないんじゃ」

「そうだけど、ここまで一人でやらなくても良かったのに。ユノ、君あんまり寝てないでしょ？」

「安心するのじゃ、ちゃんと睡眠はとっておる」

「嘘はつかなくていいよ。眼の下、隈が凄いよ」

「うっ……」

咄嗟（とっさ）に顔を隠そうとするユノ。

そんなことしても無駄なのに、見栄（みえ）を張ったのがバレて恥ずかしかったのかな？

心なしか頬も赤くなっているような気がする。

「とにかく大丈夫じゃ！　睡眠もまったくとっておらんわけじゃないし、疲れておるのは主も同じじゃろう？」

「僕は全然問題ないよ。君よりはちゃんと寝てるし」

「睡眠に限った話ではないわ。毎日魔力が空っぽになるまで魔法を使って、夜は遅くまで書類仕事、朝もみんなより早く起きてその日の準備に取り掛かる。そんな生活を続けておって、身体から疲れが取れるはずなかろう？」

ユノの言う通りだった。

魔力が空になると、全身が鉛をくくりつけられたように重くなる。

その疲労感に耐えながら、僕は溜まっていた書類を片付けていた。

開拓に時間を割き過ぎて、他の仕事が疎かになっていたのが原因だ。

彼女の言っていることは、紛れもない事実だった。

しかし彼女も、心配はするものの、これを非難することはない。

無理をしているのは、無茶を通しているのは自分も同じだったから。

そうしないといけない状況だと、互いに理解しているから。

「今が一番厳しく、かつ一番大切な時期じゃ。この何もない領地を、主が思い描くような街に変えるためには、ワシらが踏ん張らんとならん。多少無理をしてでものう」

「……そうだね。うん、その通りだよ」

自分だけは無理をして、ユノには無理をしないでほしい。

そう思うのは僕の我がままだと理解はしている。

「はぁ……まったく、もっと上手くやれたら良かったんだけどね」

「主は十分上手くやっておるよ。主でなければ、こうも順調に開拓は進められんかったし。今ごろ生活基盤を作るだけで手一杯だったじゃろう」

「そうかな？　いや、そう思うことにするよ。よし！　じゃあ今日も頑張ろうか！」

僕が張り切ると、ユノが言う。

「みんなにはバレんようにのう」

「そうだね、バレたらきっと怒られる」

「確実じゃな。まぁいずれは怒られると思うが、そのときは一緒じゃぞ？」

「ははは、うん、そのときは一緒に怒られよう」

僕たちは笑い合った。疲れを吹き飛ばすため、誤魔化すために笑顔でいた。

それから僕はユノを手伝って、魔力供給装置の核を完成させた。

続いて別の発電システムの作成にも取りかかる。

「何発電がいいのかな？」

「少ない資源を無闇に消費するもの以外じゃな」

「となると、火力は駄目だね」

「そうじゃな。石炭か原油が大量に採取できるなら、いずれ考えても良さそうじゃが」

僕は首を横に振る。

「今のところは無理そうだね。じゃあ後は、水力とか風力、それと太陽光なんてのもあったかな」

「水力と太陽光はありじゃな。風力は正直厳しいのう。この辺りはほとんど無風じゃし」

「うん、じゃあ造るのは水力と太陽光の二種類だね。水力のほうなら僕一人でなんとかできそうだから、ユノには太陽光のほうをお願いしてもいい？」

「そのつもりじゃ」

ある程度の段取りを決めてから、僕とユノは別々に作業を進めた。

水力発電は、水の位置エネルギーと運動エネルギーを利用する。

本には水車が書いてあったから、僕もそれを再現することにした。特別な装置は必要なく、水がちゃんと流れるだけで機能するから、僕でも造れる。

太陽光発電のほうは、太陽光を直接電力に変換するために、特殊な仕組みが必要になってくる。

そこは魔道具の領域だから、ユノでなければ造れそうにない。

外装はいつも通り僕が担当することになっている。

僕らが発電設備を造っている間、ソラたちには畑の手入れや動物の世話などをしてもらっていた。

そして二日後、三つの発電システムを融合したハイブリッド発電設備が完成した。

僕たちの領地は、着々と進化を遂げている。

とても順調である一方、問題も残っていた。

その問題をつきつけられるまで、そう時間はかからない。

10　ゴルド・グレーテル

グレーテル家本宅。

当主ラングストの執務室へ、一人の男がやって来る。

彼は扉をノックし、入室の許可を貰って扉を開けた。

「来たか」

「何用ですか？　父上」

ラングストは部屋に入ってきた男に目を向ける。

「お前に一つ仕事を頼みたい」

「仕事？」

男は首を傾げる。ラングストは眉ひとつ動かさず、言葉を続けた。

「近いうちに、ウィリアムの様子を見てきてもらえるか？」

「……なるほど、お任せください」

「では頼むぞ」

男はラングストに一礼し、部屋から出て行った。

燃え盛る紅蓮の炎のような髪と瞳。

日焼けして茶色くなった肌に、筋肉質な腕や脚、歳は二十代前半。

「さーて、オレの可愛い愚弟は、ちゃんとやってるかね～」

彼の名はゴルド・グレーテル。

ウィリアムの兄である。

†

発電施設を建設してから十日後。

領地開拓を始めてから、今日で丁度一ヶ月が経過した。

初めは枯れ果てた大地に、ボロボロの屋敷しかなかったけれど、この一ヶ月で状況は大きく変わった。

「よーしみんな！　今日は畑で収穫祭だよぉー！」

「「おー！」」

「手伝ってくれるかなー！」

「「おー!!」」

ニーナの先導で、子供たちが畑へ駆けていく。

畑に植えた小麦や一部の野菜は、ちょうど今の時期が収穫時だった。

成長促進薬はちゃんと所定の効果を発揮したらしい。

他にも植林エリアに植えた木は、僕の身長の三倍くらいには成長しているし、あれから飼育場の動物も少し増やした。

この屋敷を中心にして、生活の基盤はほぼ完成したと言えるだろう。

「ん、あれは……」

僕が玄関先で空を見上げると、真っ白い何かがこちらに向かってきていた。

徐々に距離がつまってきて、シルエットがわかるようになる。

「白いハト？」

よく街中で見かける鼠色(ねずみいろ)のハトではない。

真っ白で赤い目をしたハトが、一直線に僕のほうへ飛んできていた。

僕が右腕を上げると、ハトはそのままそこに止まった。

右足を見ると、細く折りたたまれた紙が結んである。

「手紙？」

今時こんな原始的な配達方法を使ってくるなんて驚きだ。

いや、こんな辺境じゃ配達員も来られないし仕方がないのかな。送り主は一体誰なんだろうか。

僕はハトの足から手紙を外す。

すると、ハトは勝手に飛び立って、来た方向へ消えていった。

送り主の元へと戻ったのだろうか。

「えーっと、何々……」

手紙にはこう記されていた。


元気にやってるか？

父上からお前の様子を見てくるように頼まれたから、近いうちにそっちへ行く。

ちゃんともてなせよ。

ゴルド・グレーテル

「ゴルド兄さんがここへ来る⁉」

近いうちっていつ頃なんだろう。

そもそもこの手紙はいつ書いたものなんだ？

もしかすると明日、いや今日来るなんてこともありえる！

「急いでみんなを集めなきゃ！」

僕は駆け足で畑に向かった。

楽しく収穫している最中に申し訳ないと思いつつ、手紙のほうを優先した。

いつになく焦っていた僕を見て察したのか、みんなもあっさりと言うことを聞いてくれた。

それから収穫を一旦中断して、みんなを食堂に集める。眠っていたユノにも声をかけた。

全員が揃ったことを確認して、僕はみんなに伝える。

「近いうちに兄さんが来るらしい」

ソラが素早く質問を投げかけてくる。

「お兄様が？　どちらの？」

「ゴルド兄さんのほう。もしかしたら今日来るかもしれない」

「そうですか……目的は何と？」

「父上に頼まれて、僕の様子を見に来るらしいよ。領地開拓がちゃんと進んでいるのか確かめて、父上に報告するためじゃないかな」

「かしこまりました。でしたらいつも通り、応対はウィル様と私でしましょう」

「うん、それが良いと思う。ユノ、悪いんだけどもし兄さんが来たら、子供たちを研究室で預かってもらえないかな？」

「うむ、了解じゃ。見られると面倒そうじゃしそれが良いじゃろう」

僕は兄さんが来たときの段取りをソラたちに話す。

僕もそうだがみんなも緊張した面持ち（おももち）で聞いていた。

すると、困惑した様子のホロウが、会話の合間を縫って僕に尋ねてくる。

「あ、あのウィル様！　お兄様は、その……どんな方なんでしょうか？」

「あっ、そうか！　ホロウは会ったことがなかったね」

「はい。お話を遮(さえぎ)ってしまって申し訳ありません」

「ううん、そうだね。言葉で表すのはちょっと難しいけど、強(し)いて言うなら豪快で、白黒がハッキリした人かな」

「豪快……ですか。あの、あまりお伺いしたくはないのですが、ウィル様とお兄様は――」

ヒヒーン！

ホロウの声を遮るように、玄関の扉の向こう側から馬の鳴き声が聞こえてきた。それと一緒に地面を何かがざざーっと擦る音もした。

誰かが来た。

このタイミングでの来客となれば、考えられるのは一人しかいない。

「ユノ！　子供たちをよろしく！」

「任せるのじゃ。皆の者、ワシに付いて来るのじゃ」

ユノの誘導で子供たちは研究室へ向かう。

残った僕たちは、急いで迎える態勢を整える。

僕とソラが前に出て、他のみんなには少し離れて一列に並んでもらった。

そして、玄関の扉が開く。

「よぉーウィル、見に来てやったぜ」

「うん。ようこそ、ゴルド兄さん」

僕は笑顔で迎えた。

ゆっくりと閉まる扉の向こうに、お行儀良く待つ馬が見える。

「久しぶりだなーおい、元気にやってたかよ」

「うん、なんとかね。兄さんも元気そうで良かった。もしかして一人で来たの？」

「あぁ？　そうだが？」

「危ないよ兄さん、せめて護衛くらいつけないと」

「何言ってやがる。オレに護衛なんて必要ねぇ！　お前だって知ってるだろ」

「それはそうだけど……」

ゴルド兄さんは僕の心配を笑い飛ばす。

「まぁ細かいことは気にすんなよ。ソラも元気だったか？」

「はい。ご無沙汰(ぶさた)しております、ゴルド様」

「おう。ちゃんとウィルの面倒は見てくれてるかぁ？　こいつほっとくとすぐ無茶するからよぉ」

「はい。存じ上げております」

僕とゴルド兄さん、そしてソラの三人で他愛もない会話を交わす。

「それじゃ、さっそく屋敷の中を案内してもらえるか？」

「うん、僕の部屋からでいい？」

「おう」

僕はゴルド兄さんを連れて、階段のほうへと歩いていく。

通路の途中には一列に並んだメイドたちがいる。

その時、ホロウが兄さんに声をかけた。

声をかけてしまった。

なぜそんなことをしたのか。きっと勘違いしたのだ。

僕やソラに好意的に接しているから、僕ら側の人間だと思ってしまったに違いない。

だから、あいさつをしようとしたんだろう。

「あ、あの――」

ホロウの声に、立ち止まるゴルド兄さん。

その表情は、嫌悪に満ちていた。

「おいお前……オレに話しかけたのか？」

「えっ――」

ホロウへの視線には殺意すら篭っているように見えた。

ホロウは動揺して身を震わせる。

腰を抜かし、膝から崩れそうになった。

「待って兄さん！　彼女は新人なんだ！」

両隣にいたニーナとサトラに支えられるホロウ。

彼女の瞳は、恐怖で滲んでいた。

僕が引きとめると、兄さんは表情を和らげる。

そして大きくため息をついた。

「ウィル、前から言っているが、いいかげんこのふざけた趣味は卒業したらどうだ？　お前もわかってるだろ？　こいつらが一緒にいるせいで、お前の評判はさらに下がっているんだよ」

「違うよ兄さん、それは違う。趣味じゃないし、彼女たちは僕に不可欠な存在なんだ」

僕がそう言うと、兄さんはひたと僕を見つめる。

だけどすぐにあっけらかんとした表情に戻って言う。

「そーかい。ったくお前は、相変わらず頑固だな」

「……兄さんもね」

ゴルド兄さんは、とても優しい人だ。

ただしそれは、弟である僕や、人間のソラにだけ。

亜人種である彼女たちには、一片の情もない。家畜以下で、害を振りまく存在としか思っていないからだ。

それでも僕にはやさしく接してくれる。

だから僕は、ゴルド兄さんを嫌いになれない。

そして僕は、ゴルド兄さんを好きになれない。

†

ウィルとソラはゴルドを連れて階段を上った。

ウィルたちが去った後、緊張から解放され、皆呼吸を整える。

「ホロちゃん大丈夫？」

「は、はい……すみませんでした」

「いいのよ。知らなかったんだから無理もないわ」

サトラが励まして肩をたたく。

見ていただけのロトンも相当怖かったのか、シーナの腕を掴んだまま離さない。

ホロウはサトラから事情を聞く。

「ゴルド様はウィル様やソラさんには普通に接するけど、私たちみたいな亜人種にはとても厳しい人なの。前にウィル様がこう言っていたわ」

――ゴルド兄さんの中では、人間は正義で亜人は悪なんだよ。

「白黒がハッキリしているって、そういうことだったんですね」

「そうよ。あの方にとって私たちは、ウィル様に付きまとう悪い虫なの。だから直接関わったりしちゃ絶対に駄目よ？　私たちなんて、ウィル様がいないと簡単に潰されてしまうから」

ホロウはごくりと唾を呑む。

久しぶりに感じた亜人への偏見は、彼女にとってトラウマになりかねないほど強烈だった。

†

そして二十分ほど経過して、僕たちは一階のフロアへ戻ってくる。

「次は外だな！　さっきチラッと見えたけど、色々面白そうなもん造ってるだろ？」

「うん、じゃあ案内するよ」

階段から玄関へ向かって進む。

通り過ぎる僕たちに、ホロウは深く頭を下げたまま動かない。

彼女はもう二度と、ゴルド兄さんの顔を見られないかもしれない。

それから屋外にある物を一通り紹介して、三十分くらいかけて屋敷に戻ってきた。

「いや～。良い感じじゃねぇか！　生活の基盤はもう完璧って感じだな～。こんな何もない場所を、よく短期間でここまで変えたもんだ。さっすがオレの弟だな」

「ありがとう兄さん」

ゴルド兄さんには高評価だったようだ。

これなら良い報告をしてもらえそうだな、と思った矢先、兄さんの表情に陰りが見えた。

「ただなぁ……ウィル、一番大事なもんが揃ってねぇよ」

ゴルド兄さんは頭を掻きながら言う。

僕はこれから言われることを、兄さんが口にする前に悟った。

なぜなら自分でも、そこが問題であることに気付いていたからだ。

「領民が一人もいねぇじゃねーか」

「……」

やっぱりそう来たか。

ゴルド兄さんは続けて言う。

「生活の基盤を整えたのは素直にすごいと思うぜ。だが、領民が一人もいないんじゃ意味ねぇだろ。オレたちは、領民がいてこそ領主を名乗れるんだぜ？　残念ながら、今のお前は領主とは呼べねぇな」

「うん……わかってる」

「だろうな。お前ならわかってると思ってたぜ。父上には見たまんまを伝えるからな。領民の不足は、問題として捉えられるだろう。そいつを今後どう解決するかが、お前の課題ってわけだ。まぁ頑張るしかねぇな」

僕が「頑張ってみる」と頷くと、兄さんは励ましてくれる。

「おう、気張ってけよぉ。その辺が解決したかどうか、また確認に来ると思うが、それがオレとは限らねぇ……。兄上かもしれねぇってことも、ちゃんと頭に入れとけ」

「わかった。ありがとうゴルド兄さん」

課題を言い渡して満足したのか、兄さんの雰囲気が和らぐ。

「ふっ、じゃあオレは帰るぞ」

「あっ待って！　途中まで送っていくよ！」

「必要ねぇよ。あと見送りもいらねぇからな」

そう言いながら、ゴルド兄さんは僕に背を向け、玄関の扉へと進んでいく。

「またな、ウィル」

「うん、また……」

そうして、ゴルド兄さんは去っていった。

突然やって来て、あとくされもなく帰っていく。

まるで嵐のようだ。

そして嵐は、僕に課題という名の爪あとを残していった。

領民の不足……わかっていたけど、ついに指摘されたか。

どう解決する？

変換魔法では人間も生み出せるけど、それは外見だけだ。

そもそも、そんな方法は非人道的過ぎる。

「あっ！　そういえば——ホロウ！」

僕はさっきの出来事を思い出し、急いで彼女の元へ向かった。

「大丈夫だった？」

「は、はい。すみませんでした……勝手なマネをしてしまい」

「ううん、ちゃんと伝えていなかった僕にも非がある。怖い思いをさせてしまったね」

僕は彼女の頭をやさしく撫でた。

少しだけ、彼女の瞳が潤んでいるように見える。やはり相当怖かったのだろう。トラウマにならなければいいけど……。

「わ、私のことより、ウィル様！　領民のことは」

「うん、わかってるよ。一度みんなで食堂に集まろう」

研究室にいるユノと子供たちにも声をかけ、僕たちは食堂へ移動した。

いつもは楽しく食事をする場だけど、このときばかりは空気が重い。

そこで僕は、ゴルド兄さんから指摘された課題について話した。

「そうか……やはりそこを突かれたのう」

「うん……領民については、密かにずっと考えていたんだよ。だけど、考えても考えても良い案が浮かばなかったんだ。どうにかしなきゃ、とは思ってるんだけど」

領民は物じゃない。

僕たちと同じように生きている。

人を移住させるには、元からある伝手を当たったりするべきなんだろうけど、生憎僕にそれはない。

変わり者なんて呼ばれているから、誰も僕と接点を持ちたがらなかったんだ。

僕はあまり気にしていなかったけど、その弊害がこんな場面で現れるなんて……。

最悪としか言いようがないな。

「みんなごめん。こればっかりは僕一人ではどうしようもない。どうか知恵を貸してほしい」

僕は縋るように尋ねた。

これほどまでに自分を情けないと感じたことはない。

さらに言えば、最初から誰も住んでいないような土地を与えられたのが悪い、と考えてしまう自分が嫌になる。

理由を周りに求めるな。

これは全部、僕自身が生んだ結果で、僕のせいでしかないんだから。

「一度王都へ戻ってから、領民を募ってみますか？」

「それは難しいよ、ソラ。僕の評判は王都中に広まっている。知っての通り、悪い評判がね。募ったところで誰も見向きもしないだろう」

「じゃあここの周りは？　周りの街で募集してみるとかは？」

ニーナの提案にも僕は首を横に振る。

「来る途中に街なんてほとんどなかったでしょ？　それにあったとしても、そこは別の誰かの領地だから、自発的に来てくれるなら別として、募集なんてかけたら略奪(りゃくだつ)行為って言われかねないよ」

貴族は金や領地にはうるさい。

自分の権力を示す材料になるから、変化には敏感に反応するんだ。

もし他の貴族とのトラブルに発展したら、僕だけじゃなくてグレーテル家に迷惑がかかる。

「募集をかけるなら、どの領地にも属していなくて、僕のことを悪く思っていない人じゃないと無理だよ」

自分で言っていて思う。

そんな都合の良い人なんていないだろう。

この領地の範囲には小さな村すらないし、辺境過ぎて誰も訪れない。

加えてすぐ横は仲の悪い隣国。他の国から領民なんて募ったら、下手をすれば国際問題だ。

やはり考えるほど答えが出なくなる。というより、答えのない問題に取り組んでいるような気分だよ。

すると、黙って話を聞いていたユノが口を開く。

もったいぶって、意味深にゆっくりと語り出す。

「主よ」

「ユノ……」

「三日前の夜じゃ」

「え？」

「そのときにワシとした話を覚えておるか？」

「三日……前……」

焦りで記憶が混ざって、上手く思い出すことができない。

「何じゃ忘れたのか？　仕方ないのう……そのとき主にした質問を、もう一度言ってやろうか」

「うん……」

「主にとって、理想の街とはどんな場所じゃ？」

理想の……街。

ああ、少しずつ思い出してきたぞ。

確かにあれは三日くらい前だった。

久しぶりにユノと二人で、亜人種についての研究を進めていたとき——

「理想の街？」

「うむ、というかこの領地をどうしたいか、でも良いぞ？　どちらも同じような意味じゃからな」

「う～ん、理想の街かぁー。いきなり聞かれると難しいな」

「ならば例を出そう。王都はどうじゃ？　主の理想にどれくらい近い」

「王都は全然違うよ。だって、亜人種がほとんどいないんだよ？　そんなの全然理想的じゃない」

「あぁ～。そういう理由か、結局そこなんじゃな」

そう言って、ユノは小さく笑った。

嬉しそうな笑顔だった。

「亜人種だって僕たちと同じなんだよ。それなのに除け者にして、毛嫌いしてる。王都はその傾向が一番強いから、僕は好きになれないかな」

「そーかそうか、ならば主の理想は、亜人種が一堂に会するような街かのう？」

「ううん、集まるだけじゃ足りないよ。集まって、互いを尊重しながら助け合っていかなきゃ」

「人間も含めて？」

「そうしたいなぁ。世界中に存在する全ての種族がここに集まって、みんなで一緒に一つの街を作り上げていく。それができたなら、僕にとっての理想郷だよ」

記憶がリフレインする。

過去の自分が口にした言葉が、今の自分に答えを与える。

「どうじゃ？　思い出せたかのう？」

「……思い出したよ。僕はここを、みんなみたいな亜人種が集まって、助け合いながら生きていける街にしたかった」

「そうじゃったな。にしては、さっきの主の発言を聞いておると、領民は人間しか駄目じゃと限定しているようじゃったぞ？」

「そんなつもりは……」

いいや、僕は無意識にそう決め付けていたんだろう。

父上や兄さんに認められるためには、そうじゃなきゃいけないと思ってしまったんだ。差別してしまっていた。

自分が最も嫌悪していることを、自分でしてしまっていたなんて……最低以外の何ものでもない。

「そんな顔をしないでください」

「ソラ……」

どうやらソラは、ユノが伝えようとした答えに気付いたらしい。

それに勘付いたユノは、ここから先を彼女に譲った。

「探しましょう。世界には、居場所をなくして困っている方々もいるはずです。きっと彼らは、ウィル様の誘いを待っています」

世界中で隠れ住む亜人種たち。彼らの多くはどこの領地にも属していない。

他にも奴隷として扱われている者たちや、不本意に従わされている者も多い。

そんな亜人種なら、勧誘したところで誰も困らない。たとえ誰かに無理やり従わせられていても、僕が金を積めば、亜人なら喜んで引き渡してくれるだろう。

誰からも必要とされない彼らなら、僕を必要としてくれるかもしれない。

僕を必要としてくれるなら、僕はそれに応えよう。

「やることはこれまでと一緒です。ウィル様が今までしてきたように、困っている方々に手を差し伸べましょう。私たちはどこへでも、あなたに付いて行きますから」

ソラは僕の手をそっと握る。

その手はとても温かくて、僕の心まで届きそうだ。

11　エルフの森

ギリギリだった僕の心は何とか保たれた。

人間、追い詰められると思考が偏(かたよ)ってしまうのだと実感した。

心の動揺が収まったなら、今度は具体的な方法について話し合う必要がある。

僕は改めて切り出す。

「世界中にいる亜人種へ誘いをかけるなら、まず何をすれば良いと思う？　どこから当たるのが正解かな？」

「無作為に探す、というのは良くないでしょうね。隠れ住んでいるのなら、簡単には見つからないでしょうから」

「うん。過去の文献を読んで、亜人の国があった場所なら把握してるんだけど、あれも百年近く前のことだからね」

驚くことに、百年前の世界には亜人で構成された国が存在したらしい。

残っている文献は少なかったけど、僕が知る限りでは少なくとも三種族がそれぞれ統治する国家が存在したようだ。

とはいえ、さっき自分で口にしたように、すべて過去の話に過ぎない。

さらに付け加えるなら、その三国がなくなった理由は、僕たち人間による侵攻だ。

彼らの国は滅ぼされている。

現在も同じ場所で暮らしているかはわからない。

「それに移動方法も考える必要がありそうですね」

「そうだね。立場上、大っぴらに行動はしにくいし、そもそも世界中なんて遠過ぎる」

僕らがいる大陸だけでも、全てをくまなく探そうと思えば、最低でも三年は必要になる。

ちなみにこれは馬車を想定した場合で、整備された道を優先したときの話。

移動方法は他にもあるが、それぞれにリスクを伴う。

「移動についてなら、ワシに良い考えがあるぞ？」

僕とソラが悩んでいると、ユノがある提案を持ちかけてきた。

その提案というのは——

「ワシが過去に訪れた場所なら、転移用の扉を設置したまま放置した箇所がいくつかある。随分昔のことじゃから、扉が劣化しておる可能性もあるが、まだ残っておるなら移動できるぞ」

「本当かい？　というか、転移用の扉って、年月がたっても残るものなの？」

「主の魔法と一緒じゃよ。主が変換したものも、主が自ら解除しない限り残るじゃろ？」

「ああ、そう言われるとそうだね。これも神代魔法の特徴……なのかな？」

「そういう感じかのう。それより地図を広げてくれるか？　覚えておる箇所を書きたいんじゃ」

「あ、うん。僕の部屋にあるから持って来るよ」

そう言って、僕は三階まで駆けた。

部屋の扉を勢い良く開けて、書類がぐちゃぐちゃに置かれた机の上を掻き分ける。

見つけた地図は二つ。

世界地図と、この国だけを書いた地図だ。

僕はその両方を握り締めて、みんなの待つ食堂へと戻った。

「おまたせ！」

「うむ、貸してくれるか。ん、ひとまずこっちだけで良い」

彼女が手に取ったのは世界地図のほうだ。

それを広げ、ペンで印をつけていく。

書き込まれた印は全部で十一ヶ所。

そのうち二ヶ所は、僕たちのいる大陸より左右の、長靴のような形をした大陸だった。

逆にもう一つのドーナツ状の大陸は、行ったことはあるけど扉は残していないそうだ。

「こんなところじゃな」

「すごい！　これだけ多いなら、移動範囲も一気に広がるよ！」

「まだ残っておれば、じゃがな？　それと主は忘れておるようじゃが、ワシらが遺跡探索で行った場所があるじゃろ？　あそこにも扉はあるぞ」

「えっ？　扉なんていつ設置したの？」

「本当に忘れておるのか……。帰りじゃ帰り、めんどうじゃから扉で移動したじゃろ？」

「あー、そういえばそうだったね」

僕とユノは、研究目的で国内にある遺跡の調査へよく行っていた。

記憶に残っているだけでも七ヶ所だ。

「あれなら時間も経っておらんし、確実に残っておるじゃろ」

「だったら国内の移動はかなり楽になるよ。問題はやっぱり、どうやって探すかだね」

移動方法は何とかなりそう、となったところで最初の問題に戻る。

結局、どれだけ簡単に移動できても、彼らを見つけられなければ無駄な旅になってしまう。

やはり何か当てがあると助かるのだが……。

「あのー」

声を出したのはシーナだった。彼女は手を挙げている。

「でしたら、ワタシの故郷に行ってみるというのはどうでしょう？」

「シーナの故郷……ってことはエルフの？　場所は覚えているの？」

「はい。細かい位置までは難しいですけど、大体の場所なら……」

シーナは僕が持っていたもう一つの地図、この国だけが記されたほうを広げてほしいと言う。

そして指を差す。

「この辺りだったと思います」

彼女が示したのは、王都よりもさらに東。この領地とは正反対の場所だった。

ユノがその場所を見て言う。

「その辺りなら、ワシとウィルで一度行ったことがあるぞ」

「うん。でもエルフらしき影は見えなかったけどなぁ」

すると、シーナが疑問に答えてくれる。

「ワタシたちエルフは森の一族なので、上手く隠れ住んでいるんだと思います。ですがワタシが一緒なら、見つけられる自信はありますよ」

「だったら明日にでも行ってみよう！」

「はい」

僕がシーナと話を進めていると、横で聞いていたソラが言う。

「他の皆さんはどうでしょう？　シーナさんのように、集落の場所を覚えていたりはしませんか？」

ソラは語りかけた。ニーナ、サトラ、ロトン、ホロウが順に答える。

「う〜ん、そんなにハッキリじゃなくてもいいなら？」

「私も少しなら」

「ボ、ボクはあんまり自信ないですけど……」

「私の場合は国外になるので、それでも良いのであれば案内できると思います」

「それでもいいよ！　もしみんながいいのなら、それを当てにしてもいいかな？」

僕が尋ねると、彼女たちはすぐに頷いた。

人脈のなさを嘆いていた僕だったけど、こうして繋がっているものもあった。今日だけで、色々なことに気付かされたよ。

これからについて話し合った僕たちは、次の日の朝に出発することに決めた。

目指すはシーナの故郷。

エルフが暮らす森である。

以前に遺跡調査で使ったユノの扉を活用して、ある程度の距離まで移動する。

そこからはシーナの記憶と感覚を頼りに探す予定だ。

「探索にはワシも同行するぞ」

「ユノも？」

「うむ、集落を見つけたなら、直接そことここを繋げた方が効率的じゃろ」

「それもそうだね、でもいいの？　また寝る時間がなくなっちゃうんじゃ……」

「もう慣れたわ。一日や二日くらい寝なくても問題ない」

そういう慣れ方はしてほしくないな、と素直に思った。

何度も言っているけど、領地開拓が始まってから、彼女の負担が大きいと思う。

これを彼女に言うと、また僕も同じだって返されるんだろうね。

「シーナ、向こうに着いたらどのくらいで見つけられそう？」

「なんとも言えないですね。近づいて警戒されると時間がかかるかもしれません」

「行ってみないとわからないってことか」

なら早めに出発しよう。


次の日――

今の時刻は朝の七時半、できれば今日の夕刻までには帰りたい。

あまり長い時間、この領地を留守にはしたくないからね。

「じゃあ行こう！　留守の間は任せたよ」

「かしこまりました」

「いってらっしゃーい！」

「夕飯は精がつく物を作っておきます」

「ぶ、無事に帰ってきてくださいね」

「ウィル様、シーナさん、ユノさん、お気を付けて」

それぞれが僕に声をかけてくれた。

ニーナが大きく手を振り、ホロウが深く頭を下げる。

彼女たちに見送られながら、僕たちはユノの作った扉を潜る。

その先に広がっていたのは、崩れた石の遺跡だった。

「一年ぶり、かな？　ここに来るのって」

「そのくらいじゃったかのう。ここは大した成果も得られんかったし、あんまり覚えておらんわ」

「そうだったね」

ちょうど一年ほど前。

僕とユノは亜人の調査でここを訪れた。

目の前にある崩れた石の神殿は、ユノ曰（いわ）く、亜人が誕生した頃に造られた物らしい。

だが、中に入っても何もなかった。

台座らしき物が中央にあったが、文字が刻まれているわけでも、絵が描かれているわけでもなかった。

経年劣化してしまったのだろう、という結論に至って、結局何も情報を得られなかったのを覚えている。

「懐かしいね。もう一年も経ったんだ」

「懐かしんどる時間はないぞ？　この辺りは魔物も出るし、移動するなら早くするのじゃ」

「ごめんごめん。シーナ、道はわかりそう？」

シーナは申し訳なさそうに首を振る。

「申し訳ありません。この辺りは記憶にないです」

「そっか。まぁでも、シーナが教えてくれた範囲はもう少し北のほうだったし、このまま北上しようか」

「うむ」

「はい」

僕たちは遺跡を離れ、地図を頼りに目的の場所へ向かった。

辺りは森に囲まれていて、動物や魔物も多く生息している。

特に魔物には見つからないよう注意して進んでいく。

「そういえば、シーナはいくつまで森に住んでいたの？」

「十二歳くらいまでです」

「五年前かぁー。それなら知り合いもいそうだし、交渉も早そうだね」

「それはどうでしょう？　エルフは警戒心が強くてよそ者には厳しいですからね。今はもう、ワタシも立派によそ者ですし」

僕の楽観的な見立てに対して、シーナは懐疑的だ。でも僕は彼女の言った内容より気になることがあった。

「ふふっ」

「ウィル様？」

「あーごめんね。なんていうか、警戒心が強いってシーナが言うと、すごく説得力があるなと思って」

「なっ、からかわないでくださいよ！」

シーナは顔を真っ赤にして言った。

僕はさっきのセリフから、彼女が僕の屋敷へ来たばかりの頃を思い出していた。

シーナはホロウと同じ場所で奴隷として売られていて、僕が購入したのだ。

「ごめんって。でもホントに、あの頃は全然心を開いてくれなかったよね」

「じゃな。ワシらのことも無視じゃったし、正直ちょっと傷ついたわ」

「ユノさんまで……仕方がないじゃないですか。あの頃は、その……裏切られてすぐだったし」

「……うん、そうだね。そうだったよ」

シーナが奴隷になった経緯はこうだ。

彼女は十二歳になった頃、一人で森を出たそうだ。

どうしてかというと、単純に森の外の世界を見てみたかったから。

彼女は道中、同じように旅をしていた二人組と出会った。

二人は人間だったが、エルフであるシーナにも好意的に接してくれたらしい。

それでしばらく旅をしていた彼女だったが、最終的にお金に困った二人に裏切られ、奴隷商人へ売られてしまったらしい。

それが二年前で、その半年後に僕の元へ来た。

そういう経緯があったこともあり、馴染むまでに一ヶ月以上かかった。

「ウィル様もみんなも……こんなワタシに根気良く接してくれて、今では本当に感謝しています」

「僕だって感謝してるよ。シーナが来てくれたお陰で、僕の仕事は昔より早く終わるようになったしね」

前にも言ったけど、彼女は僕より数字に強い。

だから以前から経理を任せていて、そのお陰で僕は研究に使える時間を増やすことができた。

気が利くから、他のみんなのフォローもしてくれるし、今はいてくれないと困る存在だ。

「そのうち街ができたら、全体の経済状況も整理していかないといけないね。今よりもっと大変になるけど、また頼ってもいいかな？」

「もちろんです。ワタシにできることなら何でも！」

僕たちは昔話をしながら進んでいく。

森の様子が変化していることに、僕たちは気付いていなかった。


僕たちは、知らぬ間に目的のエリアへ足を踏み入れていた。

すぐには気付かなかった。

一番最初に気付いたのは僕だった。

歩くスピードを僅(わず)かに緩め、僕たちを囲む森の景色を見渡す。

「何だろう？　森の雰囲気が変わった？」

「本当だ！　話に夢中で気が付きませんでした」

森の緑が濃くなっている。

濃くとは言っても、暗くなっているのではなく、むしろ明るくなっている。

森全体が淡い光を放っているようだ。

不気味ではなく幻想的である。

「この木……微弱ではあるが魔力を感じるのう」

ユノが木の一本に触れてそう言った。

「魔力を？　ということは、この森は魔法で作られている？」

「いいや、おそらく違うのう。木々に魔力を流して操っている……という感じか？」

「その通りです。これは集落を守る森の結界ですね。森へ近づく者を感知し、惑わすことができます」

シーナがそう答えた。

エルフ族は長寿の種族であり高い魔法適性を持っている。

さらに魔道具の作成に関しても、僕たち人間より優れた技術を持っている、という話を聞いたことがあった。

つまり、どうやらこれも魔道具の効果によるものらしい。

「だいぶ近づいてるってことだね」

「はい、それとワタシたちの存在に気付かれたと思います」

「友好的か、それとも敵対してくるのか……今のところは敵意を感じないけど」

この森のどこかにいるエルフたちが、部外者である僕らをどう見るのか。

それによってこの先の難易度は大きく変化するだろう。

友好的なら、会って話をするだけなんだけど……。

もし敵対する、ないし進行を妨害してくるようなら、交渉は難しいかもしれない。

「あまりに歓迎されないようなら、無理に探さないほうがいいよね」

「ワシは主の判断に任せるのじゃ」

「ワタシも同意見です」

「わかった。ならとにかく進んでみよう」

僕たちは森の奥へと進んだ。

辺りを警戒しつつ、これまで以上に慎重に進んでいく。

五分くらい進むと、森の雰囲気はさらに変化した。

蛍のような黄色い光が、森中にプカプカと浮いている。

それによって幻想的な雰囲気が色濃くなっている。

視界を遮っていた木々は少しずつ減っていき、人工的に造られた道に出る。

そこを道なりに進んでいくと――

木々に囲まれた開けた場所に、木造の建物が何軒か立っている。

地上だけではなく、大きく太い木にはツリーハウスも建てられている。

森と共に生きてきた。

その言葉に恥じない村が、僕たちの目の前にあった。

「シーナ？」

「ここです、ここがワタシの故郷です」

シーナは感慨に浸っている。

実に五年ぶりの帰郷に、心を震わせている。

彼女のうちには、様々な記憶や想いが駆け巡っているのだろう。

「懐かしいです……とっても」

嬉しそうに言う彼女を見て、僕は少しほっとした気分になる。

そんな僕たちの前に、複数の人影が近寄ってきた。

「我々の村へようこそお越しくださいました」

「村長さん！」

「久しぶりだね、シーナ」

シーナと同じ尖った耳の男性が、他のエルフたちを引き連れて出迎えてくれた。

パッと見ただけでも三十人はいるようだ。

ただ、僕が思っていたよりは少ない。

「こちらへどうぞ。お話は中でお伺いしますので」

僕らはエルフの村長に案内され、村で一番大きな建物へ入った。

木の香りのする家で、村長と向かい合って座る。

「まずお互いに自己紹介をしましょうか。私はこの村の長をしております、エーミールと申します」

「僕はウィリアムです」

「ワシはユノじゃ」

「シーナです。ご無沙汰しております」

「五年ぶりかな？　随分大きくなっているけど、一目見て君だとわかったよ」

シーナの話によると、両親を早くに亡くした彼女にとって、村長は育ての親だったらしい。

敵意は感じられなかったので、ひとまずは安心だ。

「村を出てからのシーナの話を聞きたいが、その前に何の御用で来られたのか伺ってもよろしいか？」

「はい。実は――」

僕は自分の身分、立場、考え方や置かれている状況を細かく伝えた。

村長は頷きながら真剣に聞いてくれる。

そして全てを話し終わった後、僕はお願いする。

「――というわけです。無理なら断っていただいて構いません。もし良ければ、僕の領地へ来ていただけないでしょうか」

「わかりました、行きましょう」

「えっ――」

思わず声が漏れてしまった。あまりにあっさり受け入れられ、僕は耳を疑った。

「良いんですか？　そんな簡単に決めてしまっても」

「ええ、実を言いますと、我々も困っていたところだったんです。この森は住み心地もよくて、外敵からも守られている。ですが近年、資源の不足が深刻になってきました。それを解消できるなら、我々にとっても良い話です」

「そうだったんですか」

村長の話は理にかなっていた。

しかし僕は、一つだけ腑に落ちない点があって、気になってしまった。

失礼だとわかりつつも、村長に尋ねる。

「あの……あなた方は、僕たち人間を良く思ってらっしゃらないのではないですか？」

「それはもちろんそうです。過去も現在も、我々の種族は人間から迫害を受けてきました。それを許すつもりはありません」

かつて存在した亜人種の国。

そのうちの一つが、エルフの国だった。

様々な魔道具を開発し、それによって文明を発展させ、国を大きくしていった彼らだけど、最終的には人間によって滅ぼされた。

命も、建物も、歴史すらも人間に蹂躙されてしまった。

村長もまた、そのときを経験した一人だという。

彼や他のエルフたちの中には、今でも煮えたぎるような感情が息を潜めているのだ。

「我々は人間が嫌いです。人間が我々亜人種を忌み嫌っているように、我々も人間という種族を嫌っています。ですが、あなたは違うのでしょう」

そう言いながら、村長は僕とシーナの顔を交互に見た。

そしてやさしく微笑んでこう続ける。

「ここへ来る途中、あなたがシーナと楽しそうに話す姿を見ていました。だから直接お話ししてみたいと思ったんです。そして直接会って話して、確信が持てました。あなたは私の知る人間とは違うらしい。そうでなければ、あの頑固で人見知りだったシーナが、ここまで心を許すはずありませんからね」

村長は何かを思い出すような目をしてそう言った。

僕もシーナが屋敷へ来たばかりの頃を思い出した。

僕も村長も、シーナが人見知りであることを知っている。

村長のシンプルな回答の中には、たくさんの想いが込められていたようだ。

「私のほうからもお願いします。我々をあなたの領地に住まわせていただきたい」

村長は頭を下げた。

頼んでいるのは僕なのに、いつの間にか立場が逆になっている。

「こちらこそよろしくお願いします。一緒に良い街を造りましょう」

僕は手を差し出した。

それに気付いた村長は、僕の手をがっしりと握る。

「はい」

交渉は成立した。というか、来た時点で終わっていたようだ。

村長は一旦席を外し、他の村人へ今の話を伝えに行った。

残された僕たちは、良い結果が得られたことに満足し、肩の力を抜く。

「村長さん、良い人だね」

「はい。ワタシを育ててくれたとってもやさしい人なんです」

「うん、よく伝わってきたよ」

話し方とか雰囲気が、とても温かくて落ち着く感じがした。

心根の優しさがにじみ出ているようだったな。

交渉を僕らに任せていたユノが口を開く。

「これで領民確保じゃな」

「うん、まだ少ないけど、これなら他も期待が持てそうだ」

「じゃな。しかしまぁ、主にとって大変なのはこの後じゃろ？」

「そうなんだよねぇ……」

領民を確保できたからといって安心はできない。

なぜなら彼らは亜人で、隠れて住んでいたから、国民として認知されない。

国からすると、いない存在なのだ。

だからまず、彼らの居住権を得なくてはならない。

王国に対して、彼らはこの国の民だと認めさせなければならない。

シーナたちの時は一人ずつだったし、なんとかお金と貴族の力で押し通せたけど、今回は数が違う。

果たしてちゃんと認めてもらえるのか……。

「そこは何とかするしかないね。僕が頑張るほかにないから」

亜人種で街を造る。

勢いで簡単に言ってしまったけど、問題はたくさんある。

それら全てを解決し、僕の理想を達成するには、一体どれだけ頑張ればいいのだろうか。

考えると気が遠くなりそうだ。

「お待たせしました」

僕らが話していると、村長が部屋に戻ってきた。

「どうでしたか？」

「問題はありませんよ。皆快く受け入れてくれました」

「そうですか、良かったです」

僕はほっと胸を撫で下ろす。

「ええ、それといくつかお願いしたいことがあるのですが、聞いていただけますか？」

「はい、何でしょう？」

「この森には我々の他にもう二つ、エルフの村があります。彼らも誘ってもよろしいでしょうか？」

「もちろんですよ！　僕としては願ってもない話です」

「ありがとうございます。では、彼らにも話しておきます。なので移住まで十日ほど猶予をいただきたいのですが」

「はい。荷物の準備もあるでしょうし、こちらもお迎えする準備がありますから」

仮宿はもっと増やさないといけないかな。

今のところ三十人分しか造ってないけど、この様子だと足りないだろうし。

あとで正確な人数を確認するために名簿でも作ろうか。

どっちにしろ居住権の申請に必要な情報だしね。

その後、詳しい段取りについて話し合った。

「もうこんな時間ですか。ウィリアム殿、もし良ければお昼を一緒にどうです？　といっても大した物は出せませんが」

「いえそんな、お誘いいただけるのなら喜んで。シーナも話したいことがたくさんあるだろ？」

「はい」

村長の計らいで、ちょっとした宴会が開かれた。

僕はその場で簡単にあいさつをして、シーナもただいまとみんなに伝える。

新しい顔ぶれもあったようだが、ほとんどが知り合いで彼女のことを覚えていた。

シーナは嬉しそうに席を回りながら話をしている。

その様子を眺めながら、僕とユノは離れた席でゆったりと時を過ごしていた。

「シーナ、楽しそうで良かったね」

「じゃな。良い顔をしておるわ」

保護者目線の僕とユノ。

そこへ村長がやって来る。

「ウィリアム殿、隣よろしいですか？」

「もちろん」

「失礼します」

村長が僕の隣へ腰を下ろす。

それからすぐに、改まった様子で僕のほうを見てきた。

「ウィリアム殿、ありがとうございました」

そして深く頭を下げてくる。

僕は慌てて答える。

「ちょっ、やめてください。御礼を言うべきは僕のほうなんです。僕の話を快く聞いてくださったこと、すごく嬉しかったです」

「いえ、そのことではありません。もちろんそれについても感謝はしていますが、私が一番感謝しているのはシーナのことです」

「シーナ？」

村長はこくりと頷く。

どうやら彼女から、今日に至るまでの経緯を直接聞いたらしい。

村を出て旅をして、仲間に裏切られたこと。

奴隷になって僕の元にやって来てからのこと。

彼女は瞳を潤ませながら、それでも嬉しそうに語ったという。

「シーナが言っていました。辛いことがたくさんあったけど、そのお陰であなたと出会えた。それだけで自分は幸せなんだと」

「シーナがそんなことを……」

「私はあの子の親代わりでした。だから言わせてください。ありがとうと」

村長の表情は慈愛(じあい)に満ちていた。

我が子の無事と成長を心から喜んでいるのが伝わってくる。

「助けられているのは僕のほうです。シーナがいて、みんながいてくれて、僕のほうがもっと幸せですよ」

感謝の気持ちには、同じように感謝の気持ちで応えたくて、僕は素直に思うところを伝えた。

すると、村長は嬉しそうに微笑んでこう言う。

「そう言えるあなたなら、きっとどこよりも良い街を作れると思います。私も全力でお手伝いしましょう」

「はい、よろしくお願いします」

僕たちはもう一度握手をした。

12 違和感

昼食での談話はもう少し続く。

他愛もない会話をしている中で、僕はあることを思い出した。

そうだ。聞いておいたほうが良いことが、もう一つあったんだ。

「村長さん、他の亜人種の方々が、今どこに住んでいるかご存知ですか？　エルフはもちろんですけど、他の種族についてもです」

「う〜ん、申し訳ありません。我々はこの森からほとんど出ていませんから、ハッキリとした場所は知りません。ただ、噂くらいなら聞いたことはあります」

「噂？」

「はい。ドワーフ族は、かつて国があった場所に住み続けている、という噂です」

ドワーフ族。

人間よりも背丈が低いにもかかわらず、力強く屈強な身体を持つとされる。

職人気質な者が多く、建築や道具作りに才能を発揮する匠の一族とも言われていた。

そしてかつて存在した亜人の国で、もっとも大きな国を造ったのがドワーフ族だと記録されていた。

「あくまで噂なので、真偽は定かではありませんが」

「いえ、十分な情報です。感謝します！」

「ドワーフ族は他種族と交流が盛んな種族でしたので、他の種族の居場所も知っているかもしれません」

これから街造りを進めていく中で、建物や道具を作れる職人は必要不可欠だ。

いつまでも僕の魔法で補うわけにはいかないし、機能的な建築物なんて僕には造れない。

さらには他の種族の情報も手に入る可能性があるのなら、なんとしても探して領民に引き入れたいところだ。

「次にやることが決まったのう」

「うん、戻ったらみんなにも話そうか」

そうして昼の宴会は緩やかに終わっていく。

他のエルフとの交渉は村長に任せ、移動可能な扉だけ残して僕たちは帰宅する。

予定では十日後の朝に、こちらへ来ることになった。

「ではまた。お待ちしていますね」

「はい」

村長が扉の前に立つ僕らを見送ってくれる。

「あとでワタシも手伝いに来るからね」

「ああ、ありがとうシーナ」

「扉は常にあちらと通じておる。何かあればすぐに来ることじゃ」

僕たちはあいさつを交わし、ユノが繋げた扉を潜って屋敷に戻る。

僕らの帰還に気付いたニーナが、大きな声でみんなに知らせる。

するとメイドたちだけじゃなくて、子供たちまで一斉に駆け寄ってきた。

「ウィル様、おかえりなさい！」

「うん、ただいまみんな」

「無事に戻られて良かったです。結果はどうでしたか？」

ソラが僕に尋ねてきた。

僕はニコッとしながら答える。

「上手くいったよ。十日後にこっちへ移住してくる予定」

「そうですか、良かったですね」

「うん、それに伴って準備することができたんだ。あと新しい情報も貰えたから、みんなが揃う前に確かめに行こうと思ってる」

「新しい情報？　亜人種の方々の居場所についてですか？」

「そうだよ」

僕はみんなに事情を説明する。

「……というわけだから、十日後までに一度確かめに行きたい」

「ドワーフ族ですか。私は文献で読んだくらいで、実際に会ったことはありませんね」

「僕もそうだよ。他のみんなはどうかな？　以前に接点があったりすると助かるんだけど」

みんなはうーんと考えた後、それぞれに首を横に振った。

どうやら全員接点はなかったらしい。

この場にドワーフ族は一人もいない。

今度は誰を一緒に連れて行くべきだろうか。

「ユノは一緒に来てもらわないと困るけど、もう一人くらい一緒に来てほしいんだよね」

僕とユノの二人だとさすがに警戒されるに違いない。

僕は人間だし、ユノも見た目は人間だから。

この中にドワーフ族がいれば一番良かったんだけど、警戒心を解くためにも亜人種を一人連れて行くのがベストだと思う。

あとは誰にお願いするのか、だね。

さっきの森での経緯を踏まえると、一番相応しいのは――

「ニーナ、お願いできる？」

「えぇ！　あたしでいいの!?」

ニーナは目を見開いて後ずさった。

「そんなに驚く？　もしかして嫌だった？」

「ううん！　てっきりあたしは留守番して仕事しなさい！って言われるかと思ってたから」

「あ〜、それもありなんだけど」

「ありなの!?」

「たぶんこの中では、ニーナが適任だと思うんだよ。警戒している相手に、僕らは敵じゃないと伝えるなら」

「う〜ん？　あたしそんなに話とか上手じゃないけど……まっいっか！　ウィル様があたしって言うなら、どこまでもお供するよ！」

ニーナは元気に胸を張ってそう答えた。

僕がどうして彼女を選んだのか、理由はすぐにわかると思う。

そういうわけで、ドワーフ探しは僕とユノに加え、ニーナも一緒に行くことになった。

出発は明日の朝。

かつてドワーフの国があった場所を地図で確認すると、移動できる扉から少し遠いことがわかった。

エルフの森は簡単に見つかったけど、今回は長くなりそうな予感がするよ。

そしてエルフの森から帰ってきた今日は、不足している仮宿を増やすことにした。

まだ正確な人数はわからないけど、村が三つ分とドワーフも合わせるなら、平屋三軒では全然足りない。

とりあえず魔力が許す限界まで造り、結果的に平屋が十三軒まで増えた。

「これでもまだ足りないんだろうな～」

ドワーフが仲間になれば、建築のレベルもきっと上がる。

そうなればこの仮宿を増やす必要はないし、今はこれで満足するとしよう。

魔力を使い切った僕はその夜、倒れこむように眠った。

昼中起き通しだったユノも、久しぶりに仲間と会えたシーナも、溜まった疲れを癒すように眠りについた。


次の日の朝。

いつものように目覚めた僕は、少しだけ自分の身体に違和感を覚えた。

疲れや痛みとは違う。

自分の身体が軽くなったような、何かが抜け出ていくような……そういう違和感だった。

しかしそれは、数秒もすると収まった。

初めての感覚に戸惑いつつも、僕はやはり疲れているんだろう、という感じで納得した。

その後、朝食前にユノの元へ向かう。

「ユノ、ちゃんと起きてるかな？」

彼女の寝室は研究室とは別にある。

僕らと同じように三階にあり、部屋の中は黒いカーテンで閉ざし、真っ暗にして普段は眠っている。

僕はトントンと扉をノックする。

「……」

反応はなかった。

「まだ寝てるのかな？　ユノー、入るよー！」

僕は大声で呼びかけながら部屋に入った。

扉を開けると、以前見た通り部屋は真っ暗だった。

通常よりも光を吸収するカーテンは、黒より漆黒（しっこく）と表現したほうが相応しい。

研究室とは別の意味で足の踏み場に困りながら、扉から入る光を頼りにベッドへ向かう。

枕元を覗き込むと、すぅーすぅーと可愛らしく寝息をたてながら、ユノが眠っていた。

思った以上にぐっすり眠っているようだ。

やはり生活サイクルを変えたことで、相当無理をしているのだろう。

それにしても──

「寝ているときのユノって、どこかのお姫様みたいだなー」

普段から神祖特有の高貴さを放つユノ。

どこか威圧的で刺々しく思える口調や態度も、こうして眠ってしまえば感じられない。

意識と一緒に、威圧感も眠っているのだろう。

近寄り難い雰囲気が薄れ、保護欲を駆り立てる寝顔だ。

「起こすのは申し訳ないけど、ここは心を鬼にして……」

ツンツン──

僕は彼女の頬をつついた。

「ユノ、起きて」

「うぅ……誰じゃぁ？」

「ウィルだよ。そろそろ出発したいから、起きてくれると嬉しいな」

「あぁ……そうじゃったなぁ。うん、起きる」

ユノはむっくりと上体を起こし、ぐぐっと背伸びをする。

目を擦り、僕の顔がよく見えるようになると、彼女は違和感を覚えたらしい。

「なんじゃ主よ。眠れんかったのか？」

「えっ、ちゃんと寝たよ？」

「そうなのか？　随分疲れているように見えたが」

僕は首をかしげた。

彼女が言うほどの疲れは感じていない。

睡眠はしっかりとったし、魔力も回復できている。

強いて言えば、今朝の違和感くらいだけれど、それもすぐに収まった。

「気のせいじゃないかな？　僕は元気だよ」

「……まぁ主が言うならそうなんじゃろ。では着替えてから降りる。主は先に行っておいてくれ」

「うん、待ってるね」

僕はユノの寝室を出た。それから食堂に向かい、朝食の準備を済ませたメイドたちと会う。

一番に目についたのはシーナだ。

「おはよう」

「おはようございます」

「シーナ、昨日はちゃんと眠れたかい？」

「はい。お陰さまでぐっすりです。良い夢も見れましたよ」

「へぇ～、どんな夢だったの？」

「ウィル様と皆さん、それから村のみんなが楽しく暮らす夢です。とても穏やかで、楽しい夢でした」

　シーナは嬉しそうに語った。

　それを聞いた僕もにっこりと微笑む。

「なら、現実にしないとね」

「はい！」

　シーナは元気良く返事をした。

　彼女の夢を現実にするためにも、ドワーフの協力は不可欠だろう。そう考え、僕は密かに気合を入れなおした。

　すると――

「ウィル様」

「ソラ、おはよう」

「おはようございます」

　ソラは心配そうな顔をしていた。

「どうしたの？　何かあった？」

「いえ、何でもありません。ただ、お疲れの様子だったので、心配になっただけです」

「疲れ？　僕が？」

ソラは黙って頷く。

彼女にもそう見えているのか。

僕としては普段通りなのだけど、こうも立て続けに指摘されると心配になる。

少なくともソラとユノ、比較的付き合いの長い二人がそう言うのなら、本当にそうなのかもしれない。

ただ、だからどうというわけでもない。

傍から見て疲れていそうだからといって、今日の予定をキャンセルはできない。

そもそも僕自身は大丈夫だと感じているのだから、問題はないだろう。

「大丈夫だよ。僕は疲れてないから」

「そうですか。なら良いのですが、不調があれば隠さないでくださいね」

「うん、そうするよ」

隠すとあとでこっぴどく叱られるからね。それは勘弁だよ。

その後、ユノも合流し、朝食を済ませる。

僕とユノ、それからニーナは出発の準備に取り掛かった。

前回と違い、少しだけ距離がある分、帰りが遅くなるかもしれない。

日をまたぐ可能性もあるから、念のために色々準備していく。

「別にいらんじゃろ？　いざとなったらワシが扉を開くから、いつでも戻ってこれる」

「そうだけど、念には念をってことだよ。想定外の事態に遭遇したとき、何も準備してないんじゃどうしようもないでしょ」

「ふむ……主がそう言うなら手伝おう」

まぁ結局、準備といっても大した物は用意しなかった。

食料を少々と、携帯用の照明、それから応急処置のできる道具くらいだ。

それらをカバンにつめて僕が持つ。

ニーナは自分が持つと言っていたけど、彼女に持たせるとはしゃぎ過ぎてなくしそうで心配だった。

それを伝えると、しょんぼりしてしまったけど。やれやれ。

「じゃあ行ってくるよ。また留守をお願いね」

僕はみんなに別れを告げ、ユノの扉を開く。

13　ドワーフの国

ドランゴ王国。かつて栄えたドワーフの国の名前らしい。

生活の中で用いられる様々な道具や機材を生み出し、生活水準を向上させたことで、人類国家に匹敵（ひってき）する繁栄（はんえい）を遂げていたそうだ。

しかし……いや、故に滅ぼされたと言うべきだろう。

人類は、亜人が自分たちより裕福な生活を送っていることが耐えられなかった。

もっと単純に言えば、嫉妬（しっと）したのだ。

劣等種族と勘違いしているから、全てにおいて勝っていると思い込んでいたから、そうであると信じたかったから、人類は彼らの国を滅ぼした。

数を頼みに、武力にあかして滅ぼした。

彼らの目には、僕たち人間がどう映っただろうか。

きっと傲慢（ごうまん）で卑（いや）しく見えたに違いない。

同時に嫌悪したことだろう。

恨んでいるのは間違いない。

仮に僕が同じ立場だったら、恨まずにはいられないだろうから。


ゲートのドアを開けると、コケまみれの建造物が目の前にあった。

ここも、かつて僕とユノが訪れた遺跡の一つ。

半分以上周りの植物と同化していて、近くまで来ないと建物だと気付かないレベルだ。

形は神殿のようになっていて、中に入ると地下へ通じる階段がある。

「たしかこの遺跡の奥で、神代魔法について書かれた石版を見つけたんだよね」

「そうじゃったな。絵ばかりでわかりにくかったがのう」

「へぇ～、どんな絵だったの？」

僕たちの思い出話に、ニーナが興味を示す。

「説明がし難いなぁ。仰向けで寝ている男性がいて、そこに天使？みたいな人が何人も降りてきている感じだったかな」

「それが神代魔法に関係してるの？」

「石版の端っこに神代魔法という文字が入っておったんじゃよ。劣化が酷くてそれ以外は読み取れんかったが」

ユノ曰く、あの石版が表していたのは蘇生魔法らしい。

文字通り死者を蘇らせる魔法。

神代にはそんな魔法が実在したことに驚いたけど、ユノみたいに不死身な存在もいるんだし、それが普通なのかと納得した。

それと、もしも現代に蘇生魔法の使い手がいるのなら、それはすごく恐ろしいことだとも思った。

「ニーナ、地図を見せてもらえる？」

「はーい！」

ニーナが地図を開く。

僕たちがやって来たのは王都からずっと南、別の隣国パンデミアとの国境付近だ。

ここより南は国外であり、僕らが目指しているドワーフの国は、パンデミアの国内にあった。

つまり、ここから先は国を越えることになる。

もちろん許可は得ていない。

見つかって僕の身分がバレたら、国際問題に発展する。

ただまぁ、そういう心配はいらないだろう、というのが僕とユノの見解だった。

国境を越えるといっても、途中に街や集落はない。少なくとも地図上には存在していない。

森や岩場が続いていて、ほとんど管理もされていない土地なんだ。

とはいえ、一応慎重に進む。

見つかったときの言い訳を準備しつつ、森の木々を掻き分け歩く。

「ウィル様見て！　森を抜けたよ！」

ニーナが前を指差して言った。

ここから先は、しばらく大きな岩が連なるエリアが続く。

整備はされておらず、道という道もないので、岩の隙間を縫って進んでいく。

そして岩の数が減っていき、岩がなくなっている場所に出た。

「これが――」

ニーナは立ち止まり見下ろした。

その先の岩場は丸く円形に抉られている。

そこを覗き込んだ。

「うん、あれがドワーフの国だね」

見下ろした先には大きな街並みが広がっていた。

先進的な建造物が立ち並び、人影が一つもないゴーストタウン。

僕らの立っている場所からそこまでは、五十メートルくらいの深さがあるだろうか。

まだハッキリとは見えないけど、僕が予想していた以上に綺麗な状態で残っていた。

「あっちに道があるよ！」

「本当だ。降りてみようか」

ニーナが見つけた道は岩壁にそって続いていた。

僕らはぐるっと回り込み、道なりに下っていく。

徐々に近づいていく街並みを眺めながら僕は思った。

百年以上前に滅んだ国なのに、街並みは本当に綺麗なままだ。

具体的にどういう風に滅ぼされたのかまでは知らないけど、戦いとか攻撃はなかったのか？

だけどよく見ると、所々に破壊された建物もある。ならばやはり戦いの末に滅ぼされたのだろうか。

だとしたらすごい技術だ。

普通の民家が戦いの衝撃に耐えうるなんてそうそうないと思う。

よほど頑丈な材料で造ったのか、もしくは特殊な加工がなされているのか。

ドワーフに会って聞きたいことが増えたな。

そうして道を進み、十五分かけて最終地点にたどり着いた。

「おぉ～、なんだか変わった建物ばっかりだね～」

ニーナの言う「変わった」というのは、おそらくアンバランスさのことだろう。

建物の大きさは僕らの知る建造物と変わらないけど、扉や窓といった部分は一回り小さく作られている。

これはドワーフの背丈が小さいためだろうけど、僕らからすれば珍妙に映る。

いや、珍妙とは失礼か。

この建造物こそ、彼らがドワーフであることの証明でもあるのだから。

「辺りに人の気配はないのう」

「うん、少し探索してみようか」

「わーい！　冒険だぞぉー、おー！」

楽しそうに早足で進むニーナに、僕とユノは付いて行く。

街の中を進む僕たちは、荒みつつも原形を留めている建物に驚きを感じていた。

やはり百年前に滅んだ国とは思えない。

汚れやひび割れくらいは仕方がないとして、壁や天井はちゃんと残っている。

窓ガラスすら割れていない建物もチラホラあって、今でも住居として使えそうなレベルだ。

ただし街中に人の姿はない。

ドワーフは背丈が小さいと聞くから、念入りに下の方に注意を向けて探しているけど、今のところ誰かがいた形跡もない。

「ユノ、魔力は感じる？」

「感じないのう。さっぱりじゃ」

「気配も全然ないね～、本当にいるのかな？」

やはり噂でしかなかったのか。僕はそう思い始めていた。

しかしこの情報以外に手がかりはない。

仮に誰もいないとしても、せめて新しい情報は得たいと思う。

「建物の中も調べてみようか」

「そうじゃの」

「はーい！」

廃墟（はいきょ）となっているとはいえ他人の家。

テキトーに探したり漁ったりするのは良くないと思った。

だから街の中でもより大きな建物を探した。

不特定多数の住人が利用したであろう建物なら、きっと公共の施設だ。この国に関することや、滅ぶ直前までの様子がわかるかもしれない。

と考えながら探し歩き、見つけたのは四階建ての四角い建物だった。

そこだけ明らかに綺麗で重厚だった。

材質は何だ？

鉄のようにも見えるけど、ただの鉄ではない気がする。

「あっついよぉ～」

中に入ると、篭っていた熱気が一気に襲い掛かってきた。

外と断絶され密閉された空間だからなのか、明らかに室温が上昇している。

入っただけで汗が出てくるほど……これはさすがに暑過ぎないか？

街はむしろ涼しいほうだったのに、この中だけ明らかに違う。

まるで何かに熱せられているような、蒸されているような部屋だった。

僕たちは中を見て回ることにした……のだが——

「ウィル様開いていなーい」

「こっちもじゃな。しっかり施錠されとるわ」

各部屋を見て回った結果、ほぼ全ての部屋の扉が閉ざされ、厳重に鍵がかけられていた。

「弱ったな～」

廃墟なのだから鍵くらい開いていると思っていた。

思っていた以上に戸締りがしっかりされていて、扉も頑丈な金属で造られている。

時間をかける、もしくは派手に破壊すれば通れると思うけど、もしドワーフの誰かが見ていたらと思うと、うかつに破壊できない。

野蛮(やばん)な奴だと思われたら、この先の交渉で不利になってしまう。

僕は悩みながら、別の扉を調べた。

ギィーという音をたてつつ、その扉は開いた。

「二人ともこっちへ！　開いてる部屋があったよ！」

僕は二人を呼び戻して、一緒に中へと入った。

そこは図書室のようだった。僕の書斎の十倍はあるだろうか。

一度で視界に収められないほどの本が、棚に綺麗に並べられてる。

「かなりの量じゃな」

「うん、それに保存状態も悪くないみたいだ」

僕はそのうちの一冊を手にとって、中を確認しながらそう感じた。

しかしだ。

この全てに目を通す時間なんてない。

興味は駆り立てられるけど、この部屋は後回しにしたほうが良さそうだ。

文字が苦手なニーナは、すでに目が回りそうだしね。

「別の部屋を探そうか」

僕たちは図書室を出た。

それから三人で並んで話しながら、残りの部屋を巡る。

「ねぇウィル様、ここって元は何の建物だったのかな？」

「う〜ん、たぶん役所か何かだったんじゃないかな？　一階に受付らしい場所はあったたし、王都の役所もこんな感じの雰囲気だったからね」

「へぇ〜、じゃあ昔はたっくさん人がいたのかな」

「賑わっていたんじゃないかな。生活の質は、今の僕らよりも上だった可能性もあるからね」

扉の前にたどり着く。

開けようとするが、鍵がかかっていて開かない。

「ここも駄目じゃな」

「みたいだね」

あと見ていないのは地下だけか。

ここまで来ると望みは薄い気もする。

「のう主よ、もう良いのではないか？　扉を壊すか、主の魔法で鍵を作って開けてしまおう」

「それは駄目だよ。もし見られてたら悪印象をもたれる」

「そう言うがのう……ここまで手がかりゼロじゃぞ？　気配も感じられんし、誰もおらん可能性のほうが高い」

「かもしれないけど、僕らは略奪しに来たんじゃないんだ」

「ったく頑固じゃのう」

ユノは呆れた様子だ。

「ごめんね。でもどこかで見ているのなら、きっと僕らの印象は良いはずだから」

「む？　ああ、それが主の狙いじゃったな」

そう、狙いだ。

僕がこの探索にニーナを選んだ理由もそこにある。

きっかけはエルフの村長に言われた言葉だ。

道中、シーナと僕が話している様子を見ていて、直接会ってみたいと思った。

村長のエーミールはそう言っていた。

僕らが仲良く話す姿を見たことで警戒を弱めてくれていたのだ。

だから今回も、同じように見せることにした。

僕ら、というか人間である僕が、彼女たち亜人と仲良く歩く姿を、友好的であることを見せ付ける。

そうすることで警戒心を薄めてくれることを期待した。

ニーナを抜擢（ばってき）したのは、彼女が一番無邪気に笑い、楽しそうに見えるから。

種族は違えど同じ亜人種が、こんなに普通に、そして楽しそうに歩いていたら、警戒心は薄れるんじゃないだろうか。

まぁこの算段も、誰も見ていなければ無駄に終わってしまうけど。

「ここが最後の部屋だね」

地下の階の一番奥。

重厚な扉の前で僕たちは立ち止まった。

ここも開いていなければ、いよいよ街中をくまなく探す必要が出てくる。

そうなれば日が暮れる。

僕たちはわずかな希望を胸に、扉を強く引いた。
ギ、ギィー……。
そうして扉は開いた。

「開いたよ！」

「うん、それに――」

開けた直後、僕たちは変化を感じ取った。

これまで感じなかった気配が、この部屋には微かにある。

それがどういう意味を持つのかは、僕たちの目の前にある階段を見れば明白だった。

「微弱じゃが魔力も感じられるのう」

「だったら、この階段の先に誰かいるのは確実だね」

どこも厳重に閉まっていたのに、この扉は開いていた。

しかも部屋の中にはほとんど何もなくて、真ん中に四角い大穴とそこを下る階段があるだけだ。

雰囲気からして、ここを一番に隠すべきだと思う。

そういう部屋の鍵が開いていた。招かれた、ということかもしれない。

「主の作戦は成功しておったようじゃのう」

「かもね。だけどまだわからないよ」

そう、会ってみるまではわからない。

ユノを除き、僕もニーナも、ドワーフに会ったことがないから、どういう感じなのか掴めない。

会って確かめなければ、警戒心を緩めてくれたのかどうかは判断できない。

「降りてみよう。ただし十分に警戒して進むよ。ニーナも僕の傍を離れないでね」

「はいはーい！」

ニーナは僕の腕にがっちりと抱きついてくる。

「あの……さすがに近過ぎるよ」

「ん～、残念」

僕らは階段を下った。

壁にはランプが等間隔で設置されていて、僕らが近づくと勝手に点灯し、離れると独りでに消える。ランプに魔力は感じられない。不思議な仕掛けだ。

交渉が上手くいったら、これの仕組みも聞いてみることにしよう。

そして――

階段を抜け、広い空間に出る。

ドーム型の建物の内部のような地下の空間。

そこには金属で造られた建物が並んでいて、小さいけれど一つの街を形成していた。

地下でも明かりがたくさんあって、賑わっているようにも見える。

「すっごーい！　ちゃんと街があるよ！」

ニーナが楽しそうに街を見渡す。

僕もつられて辺りを観察していると、こちらへ向かってくる六人くらいの男性の姿が見えた。

あの見た目……本に書いてあった通りだ。

間違いない、彼らがドワーフ。

六人は少し離れた所で立ち止まる。

互いに視線を合わせ、敵意がないことを再確認する。

それから僅かの静寂を挟み、真ん中に立つ髭(ひげ)を生やした貫禄(かんろく)のあるドワーフが口を開く。

「まず先に名乗ってもらおうか？　あんた等は誰なんだ」

「僕はウィリアム、ウェストニカ王国の貴族です」

「あたしはニーナ！　見ての通り獣人です！」

「ワシはユノじゃ。見ての通り、とはいかんがワシも人間ではないぞ」

僕たちは一言で自己紹介を終えた。

それを聞いた彼らは、少し難しい顔をした。先ほどのドワーフがまた話し出す。

「……俺はここの代表をしているギランだ。貴族の人間が、一体こんな場所へ何の用だ？」

「実はお願いがあって来ました。詳しい話をさせていただけないでしょうか？」

ギランは僕の顔をじっと見つめた。

それからニーナとユノに視線を向けた後、目を瞑ってふぅーと息を漏らす。

「……いいだろう。中へ案内するから付いて来てくれ」

「感謝します」

僕らはギランに連れられて建物の中へと入った。

外観の重厚さと打って変わり、中はおしゃれで居心地のよさそうな部屋になっている。

部屋に向かう道中、ギランはこんなことを言い出す。

「人間の客なんて初めてだったからなぁー、どうしてやろうかと思ったが、亜人と一緒とは恐れ入ったぞ。しかも普通に話してやがるし、驚いてしょーがなかった」

しかしだからこそ、僕らが害をなす存在ではないと感じたらしい。

どうやら本当に僕の作戦は成功していたようだ。

そうして案内された部屋にはソファーが向かい合わせに設置されていて、僕らはそれぞれ対面に座る。

「それでお願いって何だ？」

「はい。先に用件だけお伝えするとですね。皆さんに僕の領地へ来ていただきたいんです」

「へぇーそりゃーまた……どうして？」

僕は説明する。

これまでの経緯に加え、エルフが仲間に加わったという良いニュースも交えながら話した。

ギランはそれをふむふむと頷きながら聞いている。

「なるほどなー、新しい街……それも亜人種を集めた街か。面白いこと考えるな、あんた」

「その面白いことを実現するためにも、あなた方の力が必要なんです。どうか力を貸してもらえないでしょうか」

僕の願いを聞いたギランは、目を細めて腕を組んだ。

「まー悪くねぇ話だ」

「それじゃ――」

「だが、あんたの領地へ加わる俺たちのメリットは何だ？」

「メリット……ですか」

「あー先に言っておくぞ？　俺たちは別に地上へ戻りたいとは思ってねぇ。見ての通り生活の基盤は出来上がってるし、もう百年近くもここで暮らしているんだ。それに一族の大半は奴隷にされちまってる。ドワーフは小さいけど力があるから、働き手にはもってこいなんだとよ……迷惑な話だぜ」

ギランはさらにこう続けた。

ここで暮らすドワーフの中には、地上に対して恐怖心を抱いている者も少なくない。

そんな彼らを説得できるだけのメリットが、今のところ見つからない。

という話だった。

「確かに魅力的ではあるぞ。お前さんの話が実現できたらすげぇことだ……ただ、要するに満足してんだよ。ここでの生活にな？　そもそも俺らは、他の種族と進んで仲良くしたいとは思ってねぇ。昔ならともかく、こんな状況だからなぁ」

「そう……ですか」

メリット……か。

そうだよね、うん。みんながみんな、堂々と生活したいと思うわけじゃないよね。

むしろ堂々とすることで危険が増えるなら、今の生活のほうが良いというのは当然の判断だ。

そんな彼らを動かすメリット……。

地上へ出ること以外で、彼らにとって有益なことはないのか。

考えた結果――

「すみません。少し考える時間をもらえませんか?」

答えは出なかった。

時間を引き延ばして、回答を遅らせようとする。

「まぁいいぞ。せっかくこんな場所まで来てくれたんだ。存分に考えてくれ。ただこっちも悠長に待つ気はねぇから、夕方くらいまでには教えてくれ」

「わかりました」

「あと街の中は好きに見てもらってもいいぞ。一緒に行けないにしろ、せめて参考くらいにはして帰ってくれや」

ギランの言い回しは、一緒に行く気はないと言っているように聞こえた。

いや、聞こえたというかそう言ったのだろう。

よそ者である僕らに対して、警戒心こそないにしろ、信用しているわけではない……ということなのだろうか。

僕らは彼の元を離れ、街の中を見て回ることにした。

「火力発電所、鍛冶場と精錬所? いろんな設備が揃っているみたいだね」

「ワシらの領地にも分けてほしいもんじゃな」

「僕としては物より、その技術を分けてほしいんだけど……」

街を見れば見るほど、技術力の高さが窺える。

なるほど、確かにこれだけ揃っていれば不便もないか。

街には家畜小屋も畑もあって、太陽の光が届かない部分は、電気を用いた機械で補っているらしい。

暮らしているドワーフたちの表情を見ても、今の生活に不満を感じている様子はない。

そんな彼らに対して、僕はどんなメリットを提示できる？

「……あー駄目だ！　考えるほど見つからない！」

「珍しいね～、ウィル様がこんなに悩んでるなんて」

「そうかのう？　研究中のウィルは大体いつもこんな感じじゃが？」

「そーなんだ！　あたしには新鮮でちょっと楽しいなー」

「楽しんでる場合じゃないよ。ニーナも少しは考えて」

「あっははー！　ウィル様にわかんないことが、あたしにわかるわけないいんだよね！」

ニーナは堂々と言い切った。

猫の手も借りたい気持ちだったけど、ここにいる猫は気ままで諦めが早過ぎたようだ。

そうなると頼れるのはユノだけだ。

「何じゃ？　ワシの意見がほしいのか？」

「うん、何かあるなら教えてほしい。些細なことでもいいからさ」

「うむ、まぁわかっておることは、向こうは住環境の変化にはなびかんということじゃな。要するに、物や場所ではなく、それ以外の何かが必要ということじゃ」

「まぁ、うん、そうなんだろうね」

ふとユノの言い回しが気になった。まるで彼女には答えがわかっているようだ。

そしてこの表情……ニヤついて僕の反応を楽しんでいる。

間違いない。彼女は何かしらの答えを持っている。

それを教えてくれないのは、僕自身が気付くべきことだからだ。そして気付くための材料は、すでにあるということだ。

思い返せ。目だけに頼らず五感をフルに使って考えろ。

そう、言葉だ。

ギランの言った言葉の中に、ヒントが隠されているかもしれない。

彼が望むもの、ドワーフが望む未来。

そのヒントさえ——

「あっ——」

見つけた。

気付いた。

きっとこれしかない。彼らが望むものは、これ以外に考えられない。

ただ、そんなことができるのか？

ハッキリ言って自信はない。僕にそれだけの力があるとは思えない。

それでも……うん、それでもだ。これ以外には思いつかない。

なら当たって砕けるしかない。

本当に砕けてしまうかもしれないけど、その時はもう仕方がないと諦めよう。

「行こう」

僕らは再び、ギランの元へと戻った。

外に出ていた彼は何やら作業中だったようで、声をかけると少し待っていてほしいと言われた。

僕らは先に部屋へ入り、ソファーにお行儀良く座りながら彼を待つ。そして足音が近づき、扉が開いて彼が入ってくる。

「遅れてすまねぇな。で、メリットは見つかったか？」

「はい。一つだけ、とっておきのメリットがあります」

「ほう、その感じは自信ありってことか。それじゃ聞かせてもらおうか？」

僕はニヤリと笑いながら、少し間を空けて口を開く。

「僕の領地に来ていただければ、奴隷となっている全てのドワーフを解放します」

僕は言い放った。その瞬間、場が静まり返った。

僕の回答を予想できなかったらしく、ギランもたっぷり十秒は黙り込み、ようやく声を絞り出した。

「……そいつぁ……確かにすげぇメリットだな」

僕が思い返したのは、ギランの口にしたこのセリフだ。

それに一族の大半は奴隷にされちまってる。ドワーフは小さいけど力があるから、働き手にはもってこいなんだとよ……迷惑な話だぜ。

このセリフを口にしたとき、ギランはとても悔しそうな顔をしていた。

彼にとって、奴隷になってしまっている仲間のことは気がかりなのだろう。

だから僕は、この回答を思いついた。しかし、わかると思うがこの回答には無理がある。

そこをギランが指摘する。

「いい話だが、そんなこと本当にできるのか？　方法はあるんだろうな？」

「いいえ、今のところはわかりません」

「……はぁ？　お前それ……本気で言ってんのか？」

「はい」

僕はきっぱり言い切った。

ギランはさらに驚愕する。当然の反応だろう。

提示したメリットは破格のものだが、それを実現できるのかは不明。

そんなセリフを堂々と口にすれば、当然あんな反応になるだろう。

「おいおい……勘弁してくれ。さすがにそれは無茶が過ぎるぞ。確かにそれを望んじゃいるが、要するに達成できるかわかんないんだろ？」

「達成はしますよ、必ず。僕の目指している街は、そういう場所ですからね」

「……方法もないのにか？」

「それもこれから見つけます。不可能だろうと可能にして、必ず実現させると誓います」

自分で言っていて笑ってしまう。

この発言が甚だおかしいことは理解している。だからこれは、単なるごり押しでしかない。

それでも僕は折れないし、止まるつもりもない。

そんな僕を見てギランはどう思ったのだろうか。

これは後で直接聞いた話だけど、このとき彼はこう思っていたらしい。

こいつ……頭おかしいだろ。

何でそんなセリフを平然と言えるんだ？

しかも何が凄いって、一ミリも疑ってないことだ。

こいつの目も態度も言葉も、全部偽りなく本気でそう思ってやがる。

異常過ぎる……というかただの馬鹿だ。

そう思って笑ってしまった。

おかし過ぎて、馬鹿げてい過ぎて笑わずにはいられなかった、らしい。

「あんた相当な馬鹿だな！　こんな螺子（ねじ）のぶっとんだ野郎には初めて会ったよ！」

「ふふっ、笑われておるぞ？」

「い、言われなくてもわかってるよ」

「はー笑った笑った……久しぶりに大笑いしたな。それに思い浮かべちまったよ。あんたのせいだぜ？」

僕は首をかしげる。

「あんたが馬鹿なこと言うからさぁ。ここにいるみんなと、ここにはいない仲間が一緒になって、もう一度楽しく生きていく光景……。そんなありえない未来を見ちまったよ」

そう言っているギランの表情は、憂（うれ）いと寂しさに満ちていた。

「そんなもん見せられたらなぁ？　無理だとわかってても挑戦したくなっちまうんだよ！　全部あんたのせいだ！　ちゃんと責任はとってもらうぜぇ！」

「それって――」

「あんたの絵空事（えそらごと）に協力してやるよ！　その代わり、死んでも実現してくれよな！」

ギランは立ち上がり、右手で握手を求めてきた。

彼の表情には希望が見える。

それを消してしまわないように、僕は力強く握手を返す。

「誓いますよ。必ずその未来を手に入れてみせるって」

男というのは単純な生き物で、夢を見てしまえば止まれない。

そんなことをギランは言った。

14 ようこそ！

ドランゴ滅亡から百年。亡き国の地下で隠れ住んでいたドワーフは二百人あまり。

捕らえられ、現在も奴隷として生きていると思われる同胞は、約五千人と予想される。

彼らは様々な国や場所に送られているだろう。

探さなければならない。そして助けなければならない。

約束を果たすため、理想の街を造り上げるため、成し遂げなくてはならない。

無理も無茶も通して、不可能すら可能にする。そんな絵空事を、彼らは信じてくれたのだから。

「ありがとうございます」

「そう何度も礼を言うなよ。こっちが恥ずかしくなっちまうぜ」

改めて礼を言うと、ギランは照れたように笑った。

「ははっ、すみません」

「これからよろしく頼むぜ。ウィルの旦那」

「はい。こちらこそ、その技、頼りにさせてもらいます」

「おう、任せな！　つってもすぐには移動できねぇぞ？　他のやつ等にも話さねぇとだし、持って行けるもんは持って行きたいしな」

その提案は予想していたので、僕は頷く。

「それは全然大丈夫ですよ。どちらにせよ、エルフの皆さんが来られるのも九日後ですから、ゆっくり準備してください」

「九日後ね、まぁそれまでには間に合うと思うぜ」

「そうですか。あっ、そうだ。その時までにこれを作っておいてもらえませんか？」

僕は五枚くらいの紙が束になったものを手渡す。

受け取ったギランは、紙を見て尋ねてくる。

「何だこれ」

「名簿ですよ。そこに皆さんの名前や年齢、家族構成とかを書いて僕にください」

「いいけど何に使うんだ？」

「居住権の申請ですよ。あなた方を領民として迎え入れるには、色々と手続きが必要なので」

その手続きが一番厄介かもしれない。

理由は前に説明した通りだ。

どんな対応をしてくるのか、パターンを予想して対処できるようにしておこう。

もし失敗すれば、今までの話が全部パーになるぞ。

「ふぅ～ん、大変そうだなそれ」

「大変ですよ、でもまぁ、なんとかするしかないので」

「そうだろうな！　んでこの後はどうするよ？　夕飯でも一緒に食ってくか？」

「いえ、このまま帰ります。嬉しいお誘いではありますが、家でみんなが待っていますから」

「みんなって、そこの嬢ちゃんみたいなメイドか？」

「ええ、僕の大切な家族です」

そう言うと、ギランは納得したように笑った。

「なら帰らねぇとだな」

「はい」

そうしてギランとの交渉を済ませた僕たちは、移動用の扉を設置してから、来た道を引き返す。

地下への入り口へ戻った辺りで、ユノが僕に尋ねる。

「何じゃ？　まっすぐ帰らんのか？」

「うん、帰ろうかと思ったんだけど、時間を見たらまだ三時前だったからね」

ソラたちには夕飯までに帰宅すると約束した。

その約束の時刻までは、まだ二時間と少しある。

「だからちょっと探索の続きを。ギランにも、地上の街は好きに見て回って良いと言われたし、鍵も貰えたからね」

僕の手には元は金色で、現在は錆びて茶色くなった鍵がじゃらじゃらと付いている輪がある。

この建物には開かなかった部屋がいくつかあって、これはそこの鍵だ。

ギランに調べたいと頼んだら、快く貸してくれた。

どうせ移住するから、返す必要もないと言う。

「開いてなかった部屋とか気になるでしょ？」

「まぁそうじゃな」

「あたしも気になる！」

「よし、じゃあ探索開始だね」

僕らは鍵を手に建物内を探索し始めた。

ギランに聞いたところ、この建物はやはり役所だったらしい。

厳重に鍵がかけられている部屋がほとんどだったので、有益な情報が得られることを期待した。


一時間後――

結論から言ってしまうと、これはまったくの無駄足だった。

閉じていた部屋にあったのは、かつて暮らしていた住民についての書類ばかりだった。

残念ながら、僕が求めていたような亜人の起源についての情報はなかったのだ。

図書室にあった大量の本も一部調べたけど、僕が持っている本と同じようなものばかりで、これも参考になるとは言えなかった。

その後は建物の外に出て、なるべく大きな建物を探索したけど、その中は生活感の残る家具や設備があるだけだった。

「もうそろそろ帰る時間じゃな」

「そうだね」

「う～つっかれたぁ～」

ニーナが大きく背伸びをして言った。

有益な情報はなかったけど、ドワーフの街を見学できたことは良かった。

これから造る街の参考になりそうだ。

「ああ、そうだ。帰りに遺跡をちょこっとだけ見てもいいかな？」

「時間的にはギリギリじゃが？」

「あの壁画を見直すだけだよ。なんとなく確認したいと思ったから」

「まぁそれくらいなら良いじゃろ。では行くぞ」

僕らは地上へと上がった。

急な坂をせっせと歩き、来た道を逆に進んでいく。

一年前に訪れた遺跡へ、蘇生魔法について描かれたとされる壁画を見るために。

遺跡に到着すると、地下へ続く階段を下りて、目的の部屋まで移動する。

他にも部屋はたくさんあって、前に来たときはくまなく探したけど、今回は壁画を見に来ただけなので無視して進む。

壁画は一番奥の部屋に描かれていた。

初めて見るニーナが声を上げる。

「わぁー！　これがそうなんだね！」

「うん」

倒れた男性に舞い降りる天使たち。

僕らにはそう見える壁画がある。

前に来たとき同様、一部は劣化していて見えない。

「やっぱり同じだね、当たり前だけど」

「じゃろうな。変な期待はするでないぞ」

「うん」

方向転換して帰ろうとしたとき、ニーナが壁画に何かを見つける。

「ウィル様、あれって何かな？」

「あれ？」

ニーナが指を差した所を僕とユノは注視する。

「どれ？」

「ほらあれ！　天使？の後ろのほうで飛んでるよ」

揺らぐ炎？　それとも蒸気か、あるいは風か。

何と表現すれば良いのか、何を表しているのかわからない。

目とか口があるようにも見えるから、生物なのかもしれない。

前に見たときには気付かなかった。

ニーナに言われるまでわからなかった。

そこに描かれているものが何なのか、新たな疑問が生まれた。


遺跡の再探索を終えた僕たちは、夕日が沈む手前くらいに屋敷へ戻った。

ドワーフが協力してくれることを伝えると、みんな喜んでくれた。

そして、その日の夜から僕の戦いが始まる。

みんなが寝静まった頃、暗い部屋で小さな明かりを灯し、寝ているフリをして作業をする。

机には二種類の書類が用意してある。

「さてと、エルフの分は今晩中に終わらせるかな」

僕が取り掛かったのは、エルフたちの居住権申請に関わる用紙だ。

ドワーフに渡した名簿と同じ物を、エルフにも渡していた。

それに書かれている情報を基にして、申請書を作っていく……のだが、当然のごとく問題がある。

このまま提出しても、ほぼ確実に受理されない。

理由は一点。種族が人間ではないからだ。

ホロウのときもそうだし、他のみんなのときも同じだったけど、基本的に亜人種の居住権申請は通らない。だから毎回、貴族とお金の力をフル活用して通している。

二百人……いやもっとか。

今までは一人や二人だったからごり押しできたけど、この人数は無理だな……。

どうするべきか悩みどころだ。

無理やり通す方法はもう一つあるんだけど、その方法は使いたくない。

「……はぁ、仕方がない。一旦正直に書いて出してみるか」

通らなかったら別の方法を試そう。

使いたくない方法も、みんなに相談して考えよう。

次の日。

ドワーフの地下街へ赴き、渡してあった名簿を回収する。

合流する日に貰っても良かったんだけど、聞いてみたらもう出来上がっていたので助かった。それを元に昼から夕方にかけ、今度はドワーフ分の申請書を作った。

その翌日、申請書を提出するため、僕は単身王都へと向かう。

以前なら郵送が可能だったけど、この距離の上に、しかも辺境の地。配達や集荷なんて来てくれないので、直接持って行くしかない。

持って行く先は、王都にある役所だ。

移動に関しては、ユノが隠れて残しておいてくれたドアを使ってひとっとび。

申請書を提出し、結果が出る一週間後にまた取りに行くことになった。

さらに時は過ぎ、約束の合流日――

「ようこそ――僕の領地へ！」

エルフ三十二人、ドワーフ二百七人が屋敷の前に集められていた。

それぞれの先頭に立つエーミールとギランが言う。

「今日からよろしく頼むよ。ウィリアム殿」

「おーすっげぇ広いなー。こりゃー開拓のし甲斐がありそうだ」

「改めてありがとう。僕の領地に来てくれたこと、心から感謝するよ。住居はひとまず、あっちにある平屋を使ってね。一応一人一部屋はあると思うから」

あれから平屋の数をさらに増やした。

屋敷の横に、同じ建物が何軒も並んでいる光景は、景観に合っていないと自覚している。

まぁあくまで仮宿だし、僕の魔法で造った建物だから、不要になったら取り壊せばいいか。

「へぇ～、大したもんじゃねぇか。こんな何もない場所で、よくこれだけ造れたな」

「まぁうん、頑張ったからね」

そういえば、彼らには僕の魔法について教えていなかったな。

全員に教える……のはまだやめておいて、一旦エーミールとギランにだけ話しておこう。

それからどうするかは、二人の反応次第かな。

その後は、仮宿へ各々の荷物を運び、正午前に再集合した。

集まったみんなに向かって話す。

「それじゃ、これから皆さんにやってほしいことを話しますね」

「待ってほしい。その前に私からウィリアム殿に渡したい物があるんです」

「僕に？」

「これを――」

エーミールが手渡してきたのは、淡く黄緑色に光る水晶だった。

一目見ただけでただの水晶でないことがわかる。

「森に施していた魔道具です。侵入者の感知、妨害ができます。といっても、植物にしか設置できないので、ここではあまり役に立ちませんが」

「そんなことないですよ！　むしろこんな貴重な物、いただいてもいいんですか？」

エーミールはしっかりと頷く。

「何かの役に立てるなら」

「立ちますよ絶対！　使えるかどうかは僕らの発想次第ですからね！」

僕はありがたくそれを受け取った。

侵入者を阻む森の結界を作り出していた魔道具。

ユノと相談して、一番良い活用方法を考えよう。

「じゃあ改めまして！　皆さんにやってもらいたいことを説明しますね！」

僕は説明を始める。

彼らに頼んだ仕事は、大きく分けて二つ。

一つは街造り、もっと具体的に言えば建造物を造ること。

二つ目は畑や飼育場の拡張だ。

人数も増えたし、食べ物や住む所が不足しないように、それぞれの作業を進めていく。

「建築のほうは、基本的にドワーフの皆さんが主軸となって進めてください」

「おう！　任せときな！」

「エルフの皆さんには二つ目のほうをメインで。それから魔道具に詳しい方がいると伺ったので、その方々にはユノの手伝いをお願いします」

「心得たよ」

そこからさらに細かく役割を分担していく。

建築のほうは、ギランにほぼ全権を委ねる形になった。

僕には建物のことはよくわからないし、それが一番効率的だ。

「そーいや旦那、俺たちの申請ってどうなったんだ？　上手くいったのか？」

「あーうん、何だかよくわからないけど普通に通ったよ」

「へぇ～、意外と緩いんだな」

「今まではそんなことなかったんだけどね……」

今日の早朝に、申請の結果を王都まで取りに行った。

結果は今話した通り、滞りなく受理されていたんだけど……どうしてかな。

素直に喜べない。

疑問のほうを強く感じてしまう。

今回は人数が多いし、貴族の力だって活用していない。

ほぼ確実に突っぱねられると思っていたのに、普通に通って自分でもビックリだった。

「別にいいじゃねぇかよ。通ったんだからな」

「……うん、そうだね」

これにはちゃんと理由があった。それを知るのはもう少し先のお話になる。

今の僕たちは何も知らない。

この領地を中心に、様々な陰謀が渦巻いていることを——

15　地下資源

ドワーフとエルフを仲間に加え、本格的に街造りを開始した僕たち。

実作業は建築のスペシャリストであるドワーフに任せれば問題なし。

と思っていた矢先、問題に直面した。

「別に問題でもねぇだろ。資源不足くれぇ」

「いや……十分に問題では？」

圧倒的な資源不足。

人材は揃っても、建築に必要な資材が足りていなかった。

原因は、もちろんこの環境にある。前後左右、全方位見渡す限りの荒野。

木材は植林エリアで何とかできるかもしれないが、鉱山のない状況で鉱物の採取は難しい。

「ロクに探しもしねぇで何を言ってやがるんだよ」

「探すも何も、見ればわかるでしょ」

「だ、か、ら！　まだ見てねぇ場所があるじゃねぇか」

ギランの言葉に、僕は首を傾げる。

そんな僕を見たギランは、呆れたように指を差す。

「下？」

「そう、下っつうか地下だよ」

「地下資源！」

「そういうこった。聞いた話じゃ、この周辺は完璧に未開拓だったんだろ？　なら、地下には資源がたんまり眠ってる可能性もあるんじゃねぇか？」

確かにその通りだ。

地下資源……完璧に盲点だった。

というか、見えていた情報が強烈過ぎて、見ていない所へ気を回せなかった。

地下に関しては、水源を探索するときに直下掘りして以降、気にも留めていなかった。

「まぁ全然ねぇってこともありえるけどよ。それは根気良く掘り進めていくしかねぇよ」

「あっ、そういうことなら待っててほしいな！」

僕は屋敷のほうへと駆け出す。

「おい！　どこ行くんだよ！」

「ユノの所へ！　みんなは今ある物でやれることを進めておいて！」

僕はそう言い残し、ユノのいる研究室へと向かった。

今頃、彼女は発電施設拡張に向けて作業をしているだろう。

そこへ扉を勢い良く開けて乗り込む。

「ユノ！」

「わっ！　な、なんじゃ主か……驚かすでない」

ユノは驚いて手を止めた。

彼女を手伝っているエルフもビックリしてしまったようだ。

「ごめんごめん。ちょっと今いいかな？　相談したいことがあるんだけど」

「ん、何じゃ？」

「前に地下を掘るために使った道具って、まだ残ってたりする？」

「あー、残っておるぞ。三個じゃが」

「三個かぁ……足りないな～」

肩を落とす僕を見て、ユノが理由を尋ねてくる。

「何じゃ、また地下を掘るんか？」

「うん、実は——」

僕は地下資源の話を彼女に説明する。

以前に使ったアイテムは、投げ込むだけで簡単に空間を削って穴を掘ることができた。

あれをまた使えば採掘が楽になる。

ユノはふむふむと頷きながら聞いていた。

「なるほどのう。要するに、アレを量産できれば良いんじゃな？」

「そうだね。できそう？」

「材料さえあればな。というか、構造さえ理解できれば主でも作れるぞ」

「それはわかってるんだけど……僕に理解できるレベルなの？」

「できるじゃろ。何ならワシが一時間くらいみっちり講義してやっても良いぞ？」

「本当？　だったらお願いできるかな」

「良いじゃろ、ちょっと準備するから待っておれ」

ユノはボードと現物を持ち出し、僕をボードの前へ誘導した。

そこで座って彼女の講義に耳を傾ける。

一時間の講義は、彼女が言う以上にみっちりで、頭がパンクしそうなくらい難しかった。

毎度思うけど、神代魔法に関わっている魔道具は、特にややこしくてわかり難い。

結局一時間では理解しきれず、倍の時間をかけて教えてもらった。

「さて、もう十分じゃろ？」

「うん……はぁー疲れたぁ～」

僕は大きく背伸びをする。

「ありがとね、ユノ」

「良い、ワシは作業に戻るぞ」

「あーまだ待って！　もう一つお願いがあるんだよ」

「ん？」

「ユノの力で、この領地の地下に洞窟(どうくつ)があるか見てもらえないかな？」

「うむ」

快く引き受けてくれたユノは、地図の三ヶ所に印をつけた。

とりあえず洞窟にぶつかるまで掘り進めて、そこから資源探しを開始しようかな。

準備が整った僕は、ギランたちの所へ戻った。

木々を集めて作業に取り掛かっている彼らに声をかける。

「おーい！　お待たせー！」

「おー旦那か。首尾(しゅび)はどうだい？」

「うん、良い情報と道具を持って来たよ」

僕は彼らに説明する。

「すげぇな旦那……そんな簡単に見つけられるのか」

「すごいのは僕じゃなくてユノだよ。水源だって彼女が見つけてくれたものだし、魔道具もほとんど全部彼女が作ってるからね」

「へぇー、まさに旦那の相棒って感じだな。しっかし洞窟があるなら話は早いぜ！　さっそく掘り進めようじゃねぇか！」

「うん！」

そうして僕も作業に加わる。

地図にチェックされた三ヶ所。それぞれに分かれて垂直に穴を掘っていく。

洞窟まで穴を繋いだ後は、どうやって昇降するのか？

それはもちろん、またユノの力を借りることになると思う。

彼女の力で扉を繋ぎ、地下と地上を行き来可能にするつもりだ。

ちなみにこの件についてもユノは了承済み。というより、彼女からそう提案された。

毎度のことながら、こういうときには彼女に頼りっきりになってしまう。

申し訳ないと感じつつ、彼女の存在に感謝している。

僕はギランに言われた一言を思い返し――

「相棒……か」

少しニヤッとして作業を続ける。

僕らは地面を掘り進めていく。

洞窟にたどり着くまでの深さも計算済み。

僕とギランは一番深く、そして広いと予想される地点を掘り進めていた。

「次！　投げるから足場頼んだぞ」

「はい！」

掘った穴の壁に、僕が魔法で足場を作る。

そこへ飛び乗ったら、ギランがアイテムを投げて空間を削る。

こうすることで、掘り進めた穴にも鉱物が眠っていないか確かめている。

他のみんなの場合は、地上に杭を打って、そこにロープをかけて地道に降りている。

「これで半分くらいですね」

「おう。しっかし便利だよな、旦那の魔法。聞いた時はたまげたもんだが、旦那一人いれば何でもできちまうじゃねぇか」

「何でもは無理ですよ。僕にだって作れないものはありますから」

「ふ～ん、ちなみにどういう条件なんだ？」

「さぁ？」

「さぁって、知らねぇのかよ」

「正直なところを言うと、具体的な条件とか範囲はわかっていないんですよ。いろいろ試してみたんですが、ハッキリとした線引きはできませんでした」

最初は物質とか形のあるものしか対象にできないと思っていた。

しかし、やってみたら命という概念的なものまで変換することができた。

そのときは、何でもできるんじゃないか？

なんてことを思ったけど、感情とか記憶とか、他の概念的なものは変換不可能だとすぐにわかった。

結局出た結論は、一部の例外を除き、概念的なものは変換できない、という内容だった。

「あの嬢ちゃんに聞いてみたのか？　大昔から生きてんだろ？」

「ユノですか？　それはもうとっくに聞いてますよ。ただ、残念ながら彼女でも詳しいことは知らないそうです」

神代の時代には他にも神代魔法の使い手が存在していたらしいけど、各々の能力の概要を、無闇に他人に教えたりしなかった。

加えて彼女は神祖の中では若いらしく、世界に生命が誕生したときから生きているわけではない。だから、他の神代魔法についても理解できているわけではないらしい。

「あっ、そろそろ近づいてきましたよ」

「もうそんなに掘れたのか。さすがに速いじゃねぇの」

「たくさん鉱石があるといいですね。やっぱり一番ほしいのは鉄とかですか？」

「まぁ鉄も重要だな。いろんな道具に使うしよぉ。ただ、建築で一番ほしいのはそれじゃねぇんだよ」

「違うんですか？」

「おう。俺が一番ほしいのは、アルムダイトっつう鉱石だよ」

「アルム……ダイト？　聞いたことない鉱石ですね」

「そりゃーそうだろうな。旦那たち人間には馴染みのない鉱石だし。だが、俺たちドワーフの建築に関して言えば、アルムダイト以上に重要なもんはないんだぜ？」

「そこまで……」

ギランは自信満々に言い切った。

僕は彼の言葉を聞いて、滅んだ街にあった建造物の数々を思い出した。

百年以上前に滅び、しかも戦争が起こったにもかかわらず、ほとんどの建物が原形を留めていた。

そのときは、特殊な技術で造られているのだろうと思ったけど、アルムダイトという鉱石がその秘密なのだろうか。

「ちなみにどこに使うんですか？　パッと見だと全然わからなかったんですが」

「俺らが隠れ住んでた地下を覚えてるか？」

「ええ、覚えていますよ。建物が鉄で造られていましたよね？」

「あれに鉄なんて一切使ってねぇよ」

「えぇ！」

僕はとても驚いた。

見た目は完璧に鉄で造られた建物だった。

頑丈そうだなぁーと感じた記憶がある。

「あの建物は、ほとんどレンガでできてるんだよ」

「レンガ？　レンガってあのレンガですか？」

「他にどのレンガがあるんだよ……」

　ギランは呆れながら続ける。

「あれは全部レンガ造りの建築物だ。ただ普通と違うのは、表面にアルムダイトを薄く塗ってあるってことかな」

　ギランはさらに説明してくれた。

　アルムダイトという鉱物は、精錬すると鉄と同じような見た目になるらしい。

　そしてアルムダイトには、ある特殊な性質があった。

　それは――

「薄く広げれば広げるほど、硬度が増すんだよ。塊（かたまり）のままじゃ土くれみてーに柔らかいが、熱しながら薄ーく広げていくと、最終的にはダイヤモンドより固くなるんだぜ？」

「そんなにですか!?」

「おう！　しかも保温性、保湿性に優れていて、温度調整もしやすい。こいつ以上に建築に向いてる鉱石はねぇよ」

「すごい……でも、そんなに重要な鉱物なら、どうして僕たち人間は知らなかったんだろう」

「そいつは簡単だ。見分けるのが難しくて、最初から知ってる奴じゃなきゃ、気付かないからだよ。そんで知ってたのは俺たちドワーフだけだった。要するに、俺たちしか知らない秘密ってやつだ」

「なるほど。そういうことなら、僕たち人間は相当損をしていますね」

もっと仲良くしておけば、彼らから知識を得られたかもしれない。

それなのに人間は彼らを忌み嫌い、遠ざけていたから知ることができなかった。

もったいないことをしているよね。

「違いねぇな。だが、ここに一人だけ、損をしてない人間もいるだろ？」

ギランは僕を指差してそう言った。

それを聞いた僕は、にこりと笑ってこう答える。

「うん、光栄に思うよ」

職人ドワーフの秘密。それを知るただ一人の人間が僕だ。


土を抉る音。パラパラと砕けた土や石が落ちていく音。その石が地面に転がっていく音。

色んな音が響いて聞こえてくる。

「見えたぜ！　いや、真っ暗で見えねぇけど洞窟だ！」

「うん！　ようやく到着だね」

掘り進めること四十分弱。

僕とギランは目的地である洞窟までたどり着いた。

腰に携(たずさ)えたランタンを灯し、ゆっくりと足場を繋ぎながら降りていく。

地面が見えたところで飛び降り、洞窟内に入った。

「天井はかなり高いみたいだな」

「そうだね。ここは一本道だけど、どこまで続いてるのかな」

「それより暗過ぎるな。これは採掘よりまず、明かりの確保が優先だな」

僕らはランタンで自分の周りを照らしているが、見えるのは二、三メートル先の足元くらいだ。

地下だから当たり前なんだけど、暗過ぎて鉱石を探すのは難しい。

ギランの言う通り、明かりを洞窟内に設置するほうが優先だと思う。

「そのためにも洞窟の広さを把握しておかないとね」

「だな。一通り回ってみるか」

「うん」

僕らはとりあえず洞窟を探索することにした。

ちゃんと戻ってこられるように、天井に開けた大穴に明かりを置いておく。

そして通った道には、ランタンの光を当てると黄色く光る粉でラインを引いていく。

こうすれば、迷うことなく帰られる。

「洞窟って来るの初めてだな～、ギランはあるの？」

「そりゃーあるぜ。つーか白状しちまうと、俺らが隠れてた地下の街があるだろ？　あれも元は洞窟だったんだぜ」

「そうなの？」

「おう。もっと狭くて小さい空間だったのを、みんなで掘りまくって広げたんだよ」

ギランが言うには、あの広さにするまでに二十年はかかったらしい。

そこまでやり遂げる執念には、さすがの僕でも驚愕を隠せない。

そんなに時間をかけるくらいなら、いっそ地上に出て安住の地を探せば良かったのに……。

なんてことを考えてしまう。

「地上は無理だぜ。あの頃は今よりもっと、亜人に対する偏見が強かったからな。見つかれば即アウト、地下のほうがよっぽど安全だ」

「そんなに酷かったんだ……」

「昔の話だ。別に旦那が気にすることじゃねぇよ」

ランタンの光が照らすギランの表情は、昔を懐かしみながら、それが苦い記憶であることを物語っていた。

今でも十分酷い扱いをされていると思うのに、ギランが子供の頃はもっと酷かったのか。

もし自分がドワーフだったら……なんて考えると、とても耐えられる気がしない。

「おっ！　旦那あったぞ！」

「えっ、何が？」

「アルムダイトだ。正確にはその原石だがな」

ギランがそう言いながら壁を照らした。凸凹した同じ色合いの土が壁を作っている。

しかしどこにも見当たらないので、僕は首をかしげて尋ねる。

「どれ？　ただの壁にしか見えないんだけど」

「はっはっは！　まーそうだろうな！　素人には区別もつかねぇよ」

ギランは高笑いして、ニヤリと微笑んで指を差す。

彼が示した場所は、少しだけ黒ずんでいた。

周りと比較しても、大きな違いはない。

何となく違うような気がする……というのが素直な感想だった。

「もしかして……そこのちょっと暗い部分？」

「その通りだぜ。な？　こんなの知ってなきゃわかんねぇだろ」

「うん……」

僕は納得した。

確かにこれは……知らなきゃ見つけられない。

いや、注意して探しても無理なんじゃないかな？

そのレベルの違いしかない。

長年見てきているギランだから、こんなにスンナリと見つけられたのだと思った。

「すごいね、ギランは」

「別にすごくはねぇよ。こんなのずっと見てればわかるようになる」

「そうかな？　僕には一生かけても無理な気もするけど」

「そいつは旦那が、鉱石にあんま興味がねぇからだろ？　ほれ、これはあとで採掘するとして、さっさと全部回っちまおうぜ」

「うん、そうだね」

僕らはその場を離れようとした。

次の瞬間、洞窟の奥に赤い点が複数見える。

赤い点は二つ並んでいて、その二つがどんどん増えていく。

「おいおい何だ？」

「ギランは下がって」

暗過ぎて赤い点以外は見えない。ただ見られているような感覚がある。

おそらくだけど、あれは何かの目だ。

僕は正体を確かめるため、腰に携えていたランタンを放り投げた。

そして照らされたのは――

「ネズミ？」

「モールラット！」

モールラットは前歯の出たネズミの魔物。

こういう暗くて閉鎖（へいさ）された場所に生息していると言われ、数十匹の群れで行動している。

僕も実物を見るのは初めてだった。

「近づかないで！　噛まれると疫病（えきびょう）に感染させられるから」

「どうすんだ？　来た道を戻って逃げるか？」

「それは良くない。もし他にも群れがいて、挟まれたら厄介だ」

油断していた。

未開拓の洞窟なら、魔物くらいいてもおかしくないのに、なぜか安全だと勘違いしていた。

モールラットは単体では弱い魔物だけど、群れで一斉に襲い掛かれば、大きな猛獣すら殺せると言われている。そんな魔物が今、僕たちを獲物として認識していた。

先頭の一匹が動き出す。

それを追うように、他のラットも前進を開始する。

「来るぞ！」

「大丈夫！」

僕は右腕を前に突き出す。

左手で右上腕を掴んで支え、戦うために魔法を唱える。

「変換魔法――【魔力↓炎】（マナ・トゥー・フレイム）」

右手のひらから炎を噴射する。

炎は洞窟の直径を埋め尽くすほど広がり、迫ってきたラットを焼き殺す。

「これで一安心だね」

「……」

ギランは僕を凝視したまま動かない。

「ん？　どうしたのギラン」

「旦那……あんた戦えたんだな」

「うん、一応はね。何かあったときにみんなを守れるように、隠れて訓練はしてたから。それに剣術の訓練とかも、王都にいた頃はしていたんだよ」

「頼もしいな、おい。やっぱ旦那は只者じゃねぇよ」

「ううん、適材適所だよ」

僕たちは、自分が持っていない才能を他人に見てしまい嫉妬する。

人はそれぞれ違うのだから、できることにも差があって当たり前だ。

そこを認められないから、争いが生まれてしまう。

人間が亜人を嫌うのは、もしかすると羨ましいからなのかもしれないな。

洞窟探索を続けること三時間。

地上では夕日が沈みかける頃、ようやく僕たちは洞窟の全体像を把握することができた。

道中、四回ほど魔物の襲撃にあったけど、問題なく殲滅（せんめつ）して現在に至る。

「お疲れさま、ギラン」

「こっちのセリフだ。すまねぇな、戦闘は任せっきりになっちまって」

「ううん、適材適所って言ったでしょ？　ギランたちが大変なのはこれからだよ」

「そこは任せとけ。つーわけで一旦地上へ戻りたいんだが、これどうやって上る気だ？」

僕とギランは真上を見上げる。

今僕たちがいるのは、最初にアイテムで掘り進めていた大穴の下だ。

「嬢ちゃんの扉は繋いでねぇだろ？」

「あっ……」

「おい……もしかして旦那ぁ……忘れてたんじゃねぇよな？」

「……ごめんなさい」

完璧に忘れていました。

大体こういうときってユノと一緒だったから、ついうっかりしていた。

僕は改めて真上を見上げる。

時間的に夕方だし、暗くなっているはずだから当然なのだけれど、大穴の先はよく見えない。

それくらい掘ってきたということだ。

「は、梯子(はしご)でも作って上る？」

「本気で言ってんのか？　どっかで傾いて落ちるぞ」

「……」

「そんなことじゃろうと思ったわい」

落胆する僕の隣から、頼りになる彼女の声が聞こえた。

僕はすぐに振り向く。

そこには腕を組んで立つユノの姿があった。

「ユノ⁉　どうしてここに？」

「ソラから主が全然戻ってこんと相談されたんじゃよ。それで確か穴を掘っとったはずじゃと思い出して、帰りはどうするんじゃろうなと疑問に思ったんじゃ。で、ソラも心配しとったし見に来たら、案の定じゃったということじゃのう」

ユノはやれやれとジェスチャーした。

「はぁー助かったぜ。これでよじ登らなくて済む」

「まったく、主は頭が良いくせに時折無鉄砲じゃな。あまり皆に心配をかけるな」

「ごめん……ありがとう、ユノ」

「礼は不要じゃ。ほれ、さっさと戻るぞ」

ユノに急かされ、僕らは地上へ戻った。

そういえば当たり前になったけど、ユノの生活サイクルが完璧に逆転しているよね。

元々夜型だったのに、今ではすっかり僕らと一緒だ。

大丈夫なのかと聞いてみると――

「多少慣れてはきた。問題がないとは言い切れんが、まぁ当分はこっちのほうが都合も良いじゃろう」

と返してきた。

ユノ曰く、街がある程度完成するまでは僕たちに合わせるらしい。

身体に負担がかかるのは心配だけど、そのお陰でユノも一緒に食卓を囲む機会が増えたのは、嬉しいと思っている。


次の日、僕とギランは他の洞窟探索に乗り出した。

他の洞窟は、地上からの道を開通しただけに留まっている。

その理由は、あまりに暗くて探索どころではなかったからだ。

そして結果的に、その判断は正しかったと言える。

僕らが探索した洞窟と同じく、他の洞窟にも魔物が巣くっていたからだ。

もしも無闇に踏み込んでいれば、今頃大変なことになっていただろう。

「旦那、今日も頼むぜ」

「うん、魔物は任せて。ギランたちには指一本触れさせないから」

僕は意気込んで前に進む。

今日の目的は、未探索の洞窟の全体像把握と、それに加えて二つ。

魔物を殲滅して安全を確保することと、配線を通して明かりを設置することだ。

地上から大穴に、発電機から伸びる電線を垂らし、それを洞窟の壁に設置したランタンへ繋いでいく。

作業を並行して行うため、ギラン以外のドワーフたちにも協力をお願いした。

僕の役目は、その作業を妨害する魔物を殲滅することだ。

「お前ら作業に集中しろ！　旦那がいりゃードラゴンが来たって問題ねぇ！　俺が保証してやる！」

急ぎ配線工事が進められる。

その傍らで、僕はモールラットの群れと交戦していた。

ギランが僕を用してくれたようで嬉しい反面、プレッシャーも感じる。

「ドラゴン……ドラゴンかぁ～、戦ったことないからな～」

なんて独り言を口にできるくらいの余裕はあったけど。

後ろを振り返ると、進んできた道に明かりが灯っている。

まるで自分が道を照らしてきたようだ。

心地よさを感じながら、彼らを守るために戦い続ける。

二時間が経過して――

「っと、これでひとまず終わりだな」

「うん、随分と明るくなったね」

「まぁな。そんじゃ、次の洞窟もさっさとやっちまおうぜ」

「そうだね。今日中に終わらせておきたいよ」

残る洞窟はあと二つ。

僕らは一旦地上へ戻り、同じように穴を掘って洞窟までの道を繋いだ。

そこからの作業は一ヶ所目と同じだ。

暗い洞窟を照らすため、配線を通して明かりを灯せるようにする。

僕の役目も変わらず、作業をするギランたちを魔物から守ることだ。

「護衛頼んだぜ、旦那」

「うん」

といっても、今のところは安全で、魔物が襲ってくる気配はない。

安全なのは良いことだけど、やることがないのも暇で良くないな。

そんなことを考えていたとき、僕はふとユノが言っていたことを思い出した。

「そういえば……ユノが言ってたな」

「おん？　何をだ？」

「洞窟の一つに、広い空間に繋がっている所があるらしいんだよ。確かこの洞窟を指して言っていたと思う」

それを聞いて、ギランが少し驚いたように言う。

「へぇ〜、そいつはまた、珍しいこともあるもんだなぁ」

「珍しいの？」

「そりゃそうだぜ。自然に広い場所なんてそうそうできるもんじゃねぇからなぁ」

「確かにそうだね。ちょっと見るのが楽しみになってきたよ」

「魔物の巣になってなきゃいいけどな」

「怖いこと言わないでよ、ギラン……」

僕がそう言うと、ギランは大きな声で笑いながら作業を続けた。

魔物の巣か……警戒しながら進む。

ただ何となくだけど、そんなことにはなっていないような気がしていた。

これまでの道中で一度も魔物に遭遇していないから、というのもあるけど、もっと単純に直感でそう思ったんだ。

そして、作業を続けていた僕たちは、いつの間にか噂の広い空間に到達していた。

足元の小石を蹴飛ばすと、地面に当たるカランという音がよく響く。

その反響音を聞いて、大きな空間が広がっていることを再確認した。

先は真っ暗でよく見えない。

「結構広そうだね」

「そうみてぇだな」

ギランはふいに小石を拾う。それを大きく振りかぶって前に投げつけた。

小石を蹴ったときと同じように、跳ね返る音で広さを確認するためだろう。

カラン、カラン……二回くらい跳ねる音が聞こえてくる。

そして――

ポチャン。

最後には別の音が聞こえてきた。

「水の音？」

「ああ、湖でもあんのかもな」

「進んでみようよ」

僕とギランを先頭に、音のした方向へ進んでいく。

ランタンで足元を照らし、転ばないようにゆっくりと踏み出す。

周りからは僕ら以外の気配は感じない。

懸念（けねん）していた魔物は、とりあえずいなさそうだ。

そう安心した直後、僕はランタンの光が照らした光景に、心を奪われて立ち尽くす。

「こいつはすげぇな」

「……うん」

見つけたのは、鮮やかな水色の湖だった。

ランタンの光に反射して、キラキラと輝いて見える。

不純物が少ないのか、あまりに透き通っていて、底までくっきりと見えるほどだ。

僕らはランタンを高く持ち上げ、湖全体を確認しようと試みた。

だけど、湖は想像よりも大きいみたいで、先までは照らしきれない。

「ギラン。ここにも配線を繋げようよ！」

「おう！　ちょうど俺もそう思ってたところだぜ」

僕らは作業に取り掛かる。

ぐるりと湖の周りを確認して、やっぱり魔物はいないとわかった。

左右で手分けし、洞窟と湖全体を照らせるように明かりを灯していく。

護衛の必要がなさそうなので、僕もそっちの作業を手伝った。

「おおそうだ！　旦那、ユノの嬢ちゃんを連れて来てくれねぇか？」

「えっ、いいけど何で？」

「あんな水、見たことねぇからよ。触ったりしてもいいもんなのか、嬢ちゃんなら知ってそうだと思ってよ」

「そういうことか。わかった、呼んでくるよ」

「任せるぜ」

僕はユノを呼ぶために洞窟の入り口へ走った。

前のときは忘れていたけど、今回はちゃんと扉を繋いでもらってある。

壁にできた扉を開ければ、先はもう地上だ。

地上へ出た僕は、駆け足で屋敷の研究室へ向かう。

階段を駆け下りて、ユノのいる研究室の扉を勢い良く開ける。

「ユノ！」

「おわっ、じゃから主よ！　驚かすなと言ったばかりじゃろう！」

また同じ失敗をしたせいで、ユノは少しご機嫌斜めだ。

「ご、ごめん。ちょっと急いでて」

「何じゃ、問題でもあったかのう？」

「問題じゃないんだけどね。見てほしいものがあるんだよ」

「む？」

僕はユノに、地下で見つけた湖について説明した。

水の正体を確かめてほしいと伝えると、ユノは快く引き受けてくれて、一緒に洞窟まで戻った。

その頃には、ギランたちの頑張りで、ほとんど配線工事は終わっていた。

僕も最後に少し手伝って、ついに湖の全てが照らされる。

「おぉ〜」

作業を終えたみんなから、同じような感嘆の声が聞こえてきた。

湖の大きさは、僕の屋敷と同じくらいだろうか。

これだけ大きな湖だったことも驚きだけど、やはり一番は水の色だろう。

「ユノ」

「うむ、少し待っておれ」

ユノが湖に近づいていく。

触れられる距離まで近づいて立ち止まり、屈(かが)みこんでじっと水を見つめている。

そうして徐に、ユノは湖へ手を入れた。

それから水を掬(すく)って、顔の前まで近づけてよく観察している。

「触れても大丈夫なのかい？」

「大丈夫じゃよ。むしろ触れたほうが良いな」

僕が尋ねると、ユノは意味深な返しをした。

首をかしげる僕を、彼女は手招きする。

僕は彼女の隣まで進んで、同じように屈んだ。

近くで見ると、なお美しく神秘的だ。こんなにも澄んだ水を、僕は見たことがない。

ただ、じっと見つめているうちに、何かに似ているような気がしてきた。

「触れてみよ」

「う、うん」

僕は恐る恐る手を伸ばす。

そして、手首の上まで湖に入れた。

「そう心配せんでも良い。これは醒水という魔力の篭った特殊な水じゃ」

「せいすい？　それって確か……」

「うむ。ポーションの材料になる水じゃな」

僕はハッとして納得した。

僕が似ていると感じた何かとは、回復の水ポーションのことだったんだ。

ポーションはあらゆる傷や怪我に効く魔法の水。

残念ながら病には効かないけど、世界中で重宝されている。

「天然物の醒水は珍しいのう。昔はたくさんあったが、今では採り尽くされてほとんど残っておらんし」

「今は人工的に作る技術が確立されているから、そっちを使うしね」

「そうじゃな。じゃが人工物は天然のそれより劣る。こっちは何の加工もせんでも、軽い傷は塞がる」

「そんなに違うんだね」

「試しに飲んでみると良いぞ。醒水は疲労回復の効果がある」

ユノに勧められた僕は、湖から醒水を掬い上げた。

それをごくりと飲み干すと、身体中の疲労が吹き飛び、活力がみなぎってきた。

少しだけ身体が軽くなったようにも感じる。

「どうじゃ？」

「うん……自然の力ってすごいんだね」

僕は噛み締めるように言った。

それを聞いたギランたちが、僕らのほうへ駆け寄ってくる。

彼らも湖に手を伸ばし、醒水を身体へ流し込んだ。

そうして洞窟での作業の疲れを癒していく。

まるで、大自然が僕らの頑張りを認めてくれたようだと、美しい水色の景色を眺めながら、僕はそう思った。


それから半日くらいかけて、さらにもう一つの洞窟を制覇した。

半日の間ぶっ通しで作業をしていた僕たちは、布団に入ればすぐに眠ってしまえそうなくらい疲れていた。

地上へ戻った僕たちを、ソラたちが出迎える。

「お疲れ様でした。ウィル様、そして皆さん」

屋敷の庭に並べられたテーブル。

キャンプ用のグリルが置かれ、網の上では肉が焼かれている。

「ソラ、これは？」

「たまには外で食べるのも悪くないと思いまして」

「わざわざ用意してくれたんだ。ありがとう」

「あたしたちも手伝ったんだよー！」

ニーナが僕とソラの会話に割り込んできた。

他のみんなも、一緒に用意してくれていたらしい。

「みんなもありがとう。とても嬉しいよ」

ギランは待ちきれないとばかりに肉を見つめる。

「ご馳走(ちそう)じゃねぇか！　こりゃー疲れなんて吹っ飛んじまうなぁ」

「そうだね。じゃあ吹っ飛ばして、明日も頑張ろう！」

「おうよ！」

僕らはがっつくように料理を頬張る。

夜空の下、宴会のように賑やかな食卓が広がっている。

「この肉めちゃくちゃうめぇな！」

「あぁ！　それあたしの肉だよ！」

「ニーナ、食べながら叫ぶなんてお行儀が悪いわよ」

「うっ……サトラさん、ごめんなさい」

「ロトンはちゃんと食べている？」

「はい！　シーナさんもいっぱい食べてくださいね」

「夜は落ち着くのう……。ホロウよ、主もすっかり馴染んだようじゃな」

「はい。皆さんのお陰です」

たくさんの会話が聞こえてくる。

とても幸福な時間だ。

メイドたちに加え、エルフやドワーフのみんなも、ワイワイとはしゃぎながら食事を楽しんでいる。

その様子を見ながら、感慨に耽っていると――

「何か考えごとですか？」

「ソラ……」

声をかけてきたソラは、ちょこんと僕の隣に腰掛けた。

僕は彼女に、ちょうど考えていたことを話す。

「不思議だなって思ったんだよ」

「と言うと？」

「ほら、ちょっと前までは僕たちしかいなくてさ。何もない土地に、ボロボロの屋敷があるだけだったでしょ？」

「そうでしたね。あの時はどうなることかと思いましたが……」

思い返したのか、ソラは苦い表情だ。

「うん。だけど今は、こうしてみんながいてさ。少しだけど建物もできて、殺風景じゃなくなった」

「そうですね」

「それが何だか不思議で……いや、違うかな。ただ嬉しいんだ」

何もなかった場所に、幸福の輪が広がっていく。

いろんな繋がりを持って、一緒に協力しながら開拓していった。

それはとても楽しくて、幸せで、嬉しかったんだ。

「ソラたちのお陰で、僕は一人ぼっちにならずに済んだ。そして今も、こんなに賑やかで楽しいのは、みんなのお陰だね」

「そうかもしれませんね」

ソラは小さく笑いながら、僕にこう続ける。

「ですが、皆さんはウィル様だから付いて来られたんです。ウィル様でなければ、一緒には来てくださらなかったでしょう」

「ソラ？」

「だから、今がこうして幸福なのは、ウィル様のお陰でもあるんですよ」

そう言いながら、ソラは優しく微笑んだ。

僕のお陰……そんなことを言われると、僕は恥ずかしくて仕方がない。

赤くなっているだろう顔を隠しながら、ソラに言う。

「そう……かな？」

「間違いありません。私が保証しますよ」

「……そっか。だったら期待に応えないとだね」

「はい」

僕は顔を上げ、にやけた顔を頑張って戻しながら、夜空を見上げる。

満天の星の下で、賑やかで楽しい宴会が続いている。

「こんな日が、ずっと続いていくように」

「はい。皆さんが安心して暮らせる街を造りましょう」

「うん。そのために――」

僕らは明日を生きていこう。

辺境の領地で、みんなと一緒に――

転生幼女はお詫びチートで異世界ごーいんぐまいうぇい

Going My Way

高木コン
Kon Takagi

チートなスキル&神様の手厚い加護で我が道まっしぐら!!

ライトなオタクで面倒くさがりなぐーたら干物女……だったはずなのに、目が覚めると、見知らぬ森の中! さらには──「えええええぇぇぇぇぇ? なんでちっちゃくなってんの?」──どうやら幼女になってしまったらしい。どうしたものかと思いつつ、とにもかくにも散策開始。すると、思わぬ冒険ライフがはじまって…… 威力バツグンな魔法が使えたり、オコジョ似のもふもふを助けたり、過保護な冒険者パーティと出会ったり。転生幼女は、今日も気ままに我が道まっしぐら! ネットで大人気のゆるゆるチートファンタジー、待望の書籍化!

◉定価:本体1200円+税　◉ISBN 978-4-434-26774-1

◉Illustration:キャナリーヌ

俺を勇者召喚した国は怪しさ満点だし、
『収納』だけの出来損ない勇者になったし……

よし、逃げよう

農民 Noumin

ありがちな収納スキルが大活躍!?
異世界逃走ファンタジー!

少年少女四人と共に勇者召喚された青年、安堂彰人。召喚主である王女を警戒して鈴木という偽名を名乗った彼だったが、勇者であれば『収納』以外にもう一つ持っている筈の固有スキルを、何故か持っていないという事実が判明する。このままでは、出来損ない勇者として処分されてしまう——そう考えた彼は、王女と交渉したり、唯一の武器である『収納』の誰も知らない使い方を習得したりと、脱出の準備を進めていくのだった。果たして彰人は、無事に逃げることができるのか!?

◆定価:本体1200円+税　◆ISBN:978-4-434-27151-9　◆Illustration:おっweee

もふもふと異世界でスローライフを目指します！

Mofumofu to Isekai de Slowlife wo Mezashi masu!

1〜4

カナデ Kanade

転移した異世界は、魔獣だらけ!?

もう、モフるしかない。

ひびのありひと
日比野有仁は、ある日の会社帰り、ひょんなことから異世界の森に転移してしまった。エルフのオースト爺に助けられた彼はアリトと名乗り、たくさんのもふもふ魔獣とともに森暮らしを開始する。オースト爺によれば、アリトのように別世界からやってきた者は『落ち人』と呼ばれ、普通とは異なる性質を持っているらしい。『落ち人』の謎を解き明かすべく、アリトはもふもふ魔獣を連れて森の外の世界へ旅立つ！

◉各定価：本体1200円＋税
◉Illustration：YahaKo

1〜4巻好評発売中！

待望のコミカライズ！
好評発売中！

◉定価：本体680円＋税
◉漫画：寺田イサザ　B6判

F ranku bokensya no kimamana henkyo seikatsu
最強
Fランク冒険者の
気ままな
辺境生活？
紅月シン
無自覚チート ダダ漏れの
お気楽ライフ!?
元Sランク勇者の
天然やりすぎファンタジー開幕！
魔境と恐れられる最果ての街に、一人の少年がふらりとやって来た。彼の名は、ロイ。Fランクの新人冒険者である。魔物蔓延る過酷な辺境での生活は、彼のような新人にはあまりに荷が重い。ところがこの少年、実は魔王を倒した勇者だったのだ。しかも、ロイにはその自覚がまるでないものだから、周囲は大混乱!?
規格外新人冒険者のちょっと賑やか（？）な辺境生活が始まる！
最強Fランク冒険者の気ままな辺境生活？
紅月シン
魔物蔓延る最果ての魔境で…
無自覚チート ダダ漏れの
お気楽ライフ!?
元Sランク勇者のチートな日常、開幕！

追い出されたら、何かと上手くいきまして
OIDASARETARA NANIKATO UMAKU IKIMASHITE
1~2
家から追放された自称・落ちこぼれ少年は「天の申し子」!?
桁外れの魔力持ちでもゆる～っと学園生活!
雪塚ゆず
Yukizuka Yuzu
トリティカーナ王国の英雄、ムーンオルト家の末弟であるアレクは、紫の髪と瞳の持ち主。人が生まれ持つことのないその色を両親に気味悪がられ、ある日、ついに家から追放されてしまった。途方に暮れていたアレクは、偶然二人の冒険者風の少女に出会う。彼女達の勧めで髪と瞳の色を変え、素性を伏せて英雄学園に通うことになったアレクは、桁外れの魔法の才能と身体能力を発揮して一躍人気者に。賑やかな学園生活を送るアレクだが、彼の髪と瞳の色には、本人も知らない秘密の伝承があり——
2
雪塚ゆず
学園祭は大賑わい!
もふもふ召喚獣が一緒にお出迎えする
動物カフェ開店!
◆各定価：本体1200円+税　◆Illustration：福きつね

この作品に対する皆様のご意見・ご感想をお待ちしております。
おハガキ・お手紙は以下の宛先にお送りください。

【宛先】
〒150-6008 東京都渋谷区恵比寿4-20-3 恵比寿ガーデンプレイスタワー 8F
（株）アルファポリス　書籍感想係

メールフォームでのご意見・ご感想は右のＱＲコードから、
あるいは以下のワードで検索をかけてください。

アルファポリス　書籍の感想

ご感想はこちらから

本書は、「アルファポリス」（https://www.alphapolis.co.jp/）に掲載されていたものを、
改題・加筆・改稿のうえ書籍化したものです。

変わり者と呼ばれた貴族は、辺境で自由に生きていきます

塩分不足（えんぶんぶそく）

2020年 2月 29日初版発行

編集－矢澤達也・宮坂剛
編集長－太田鉄平
発行者－梶本雄介
発行所－株式会社アルファポリス
〒150-6008 東京都渋谷区恵比寿4-20-3 恵比寿ガーデンプレイスタワー8F
TEL 03-6277-1601（営業）　03-6277-1602（編集）
URL https://www.alphapolis.co.jp/
発売元－株式会社星雲社（共同出版社・流通責任出版社）
〒112-0005東京都文京区水道1-3-30
TEL 03-3868-3275
装丁・本文イラスト－riritto
装丁デザイン－AFTERGLOW
印刷－中央精版印刷株式会社

価格はカバーに表示されてあります。
落丁乱丁の場合はアルファポリスまでご連絡ください。
送料は小社負担でお取り替えします。

ISBN978-4-434-27159-5　C0093